차례

방울방울 목욕탕 직원들

초목 (물귀신)
청소 및 잡일 담당

핑크(???)
일반탕 세신 담당

수신(물의 신)
목욕탕 주인
치유탕 세신 담당

강철이(이무기)
매점 및 불가마 담당

묘묘(묘두사)
치유탕 정화 및
귀여움 담당

첫 번째 손님_마음에 구멍이 뚫린 소년

첫 이별을 위한 별빛탕

'나는 물귀신. 방울방울 목욕탕의 에이스다!'

아무리 쓸모없어 보이는 능력이라도 세상 어딘가에는 반드시 필요가 있다. 누군가를 물로 끌고 가는 물귀신의 능력을 쓸 수 있는 곳은 바로……!

"싫어! 싫어! 목욕 안 해!"

꼬마 불여우가 바닥에 드러누워 발버둥을 쳐 댔다. 하얀 김이 모락모락 나는 온탕을 코앞에 두고서. 미운 여섯 살의 떼를 누가 말리랴. 꼬마 불여우의 비명이 웅웅 메아리치자 엄마 불여우가 난처해하며 구세주를 바라봤다.

눈이 마주친 소녀는 입구에서 대걸레를 들고 있었나. 열두세 살쯤으로 보이는 귀여운 소녀는 피부가 창백했지만 눈빛만은 생기로 초롱초롱 빛났다. 물에 젖어 꼬불꼬불해진 양 갈래머리에, 가슴팍에는 손으로 쓴 듯한 임시 이름표를 달고 있었다.

거기 적힌 이름은, 풀 초(草), 나무 목(木).

"그럼 손님, 실례 좀 하겠습니다!"

초목이는 걸레를 내려놓고 꼬마 불여우 우식이를 덮쳐 양 발목을 잡았다.

우식이가 찌릿 노려봤다. 불만스레 붉은 꼬리를 붕붕 휘저었다. 초목이가 가소롭다는 듯 씨익 웃었다. 아무 쓸모없어 보이는 능력도 때와 장소에 따라 '뛰어난 능력'으로 바뀌기도 한다.

목욕탕에서 찾은 물귀신의 첫 번째 능력, 순간 이동술!

"온탕으로 이동!"

외침과 함께 둘의 몸이 붕 떠올랐다. 투명한 낚싯바늘이 뒷덜미를 낚아채듯 온탕을 향해 빠르게 슝 날아갔다.

풍덩!

일억 개의 물방울이 사방으로 튀었다. 주변에 있던 요괴 손님들이 마른하늘에 방울방울 물벼락을 맞았다. 또 사고 쳤네.

"아이코, 손님들 죄송합니다!"

초목이는 재빨리 사과하고 온탕으로 머리를 쏙 집어넣었다. 귓가로 뽀글뽀글 물방울이 지저귀는 소리가 들렸다. 발버둥 치는 우식이의 발목을 잡고 물속 깊이 끌어당겼다. 한번 꽉 잡은 건 절대 놓지 않는다. 이것이 바로 물귀신 작전. 음핫핫!

"어푸! 어푸!"

목욕탕 물을 연거푸 먹은 우식이가 두 손 들어 항복하며 물밑을 바라봤다. 초목이가 해초처럼 일렁일렁 흐느적거리며 방긋 미소 지었다. 우식이는 자신의 발목을 놓는 초목이가 얄미워서 입술을 오리처럼 댓 발 내밀었다.

"에잇, 오늘도 졌네."

우식이의 다섯 번째 패배였다. 다음에는 꼭 이기리라 승부욕을 불태웠다.

후아, 초목이는 수면 위로 올라왔다. 열심히 일한 뒤 마시는 공기는 사탕처럼 달콤했다. 온탕 턱에 앉은 엄마 불여우가 흐뭇하게 웃고 있었다.

"매번 고마워요. 아들이 언제나 목욕탕은 여기만 가자고

졸라요. 초목 양 좋아하나 봐요."

"어머나."

초목이는 얼굴이 발그레해졌다. 마음이 마시멜로처럼 말랑말랑해졌다. 평생 요괴들에게 이리 치이고 저리 치이고 미움만 받았었는데. 살다 보니 이런 날도 온다.

"여우식, 다음에 또 누나랑 대결하자!"

우식이는 흥, 하며 세모눈을 했지만 오동통한 볼은 웃음을 참느라 씰룩거렸다. 초목이는 뿌듯한 얼굴로 발길을 돌렸다. 그 순간 물을 밟고 휘청!

"물귀신도 미끄러지네."

우식이가 고소하다는 듯 깔깔 웃어 댔다. 초목이는 뺨이 빨개진 채 얼얼한 궁둥이를 문질렀다. 목욕탕에서는 누구든 방심 금물이다.

"원숭이도 나무에서 떨어질 때가 있다, 뭐. 그리고 넘어지면 다시 일어서면 되지!"

초목이는 민망해서 얼른 바깥으로 나왔다.

휴게실은 후덥지근한 탕과 달리 공기가 선선했다. 하늘색

사우나복을 입고 양 머리 수건을 한 손님들이 많았다. 도란도란 모여 텔레비전을 보며 식혜와 간식을 먹으며 이야기꽃을 피웠다.

북쪽에는 목욕탕, 서쪽에는 불가마와 얼음방, 탈의실. 남쪽에는 매점 겸 카운터와 직원 휴게실이 있다.

동쪽에는 다섯 개의 특별한 출입문이 있었다.

폭포문, 우물문, 연못문, 어항문, 접시문.

초목이는 대걸레를 밀며 우다다 뛰어다녔다. 출입문 앞은 가게의 얼굴! 문마다 각각 다른 손님들이 왔지만 모두가 만족하도록 공들여 닦았다. 파리도 미끄러질 듯 반짝반짝 광이 날수록 초목이의 눈빛도 덩달아 빛났다.

"바쁘다, 바빠."

한 달 차 수습 직원이라 할 일투성이였다. 탕 청소, 수건 빨래, 사물함 정리, 그 밖의 온갖 잡일과 손님 응대 등등. 힘들지만 첫 직장이니 다 잘 해내고 싶었다. 그러면서 몰랐던 능력도 속속 발견하고, 손님들에게 예쁨받아 매일매일 신기하고 즐거웠다.

딸랑딸랑딸랑.

꾀꼬리처럼 통통 튀는 듯한 빠른 종소리가 울렸다. 출입문은 모두 다른 소리가 났다. 지금 울린 건 왼쪽에서 두 번째인 연못문. 회색 돌로 동그랗게 쌓고 연잎과 수초들로 장식한 작은 연못이었다. 초목이는 반사적으로 고개를 돌려 목청을 높였다.

"어서 오세요! 방울방울 목욕탕입니다!"

연못문 위로 남자아이가 우두커니 서 있었다. 소년은 주변을 살피며 혼란스러워했다.

"여긴 어디예요?"

소년에게선 요괴 냄새가 나지 않았다. 즉, 한 달에 한두 명 올까 말까 한 희귀 손님, 인간이었다. 여기는 아무나 들어올 수 없는 특별한 목욕탕. 줄입분은 요괴들에게만 보인다. 하지만 특수한 경우에 인간이 자신도 모르게 흘러들어오기도 한다.

"여기는 '방울방울 목욕탕'입니다. 저를 따라오세요."

초목이는 서둘러 인간 손님을 어디론가 데려갔다. 인간

을 싫어하는 요괴도 있지만, 인간을 먹고 싶어 하는 요괴도 있었다. 괜히 목욕탕 이용 안내문에 살생 금지를 쓴 게 아니었다.

조심조심 눈치를 살피며 뛰다가, 이쯤에서.

목욕탕에서 찾은 물귀신의 능력 두 번째, 마음 읽기!

인간의 몸은 70퍼센트가 수분, 물귀신의 몸은 99퍼센트가 수분. 소리는 공기로만 전달되는 것이 아니라 물로도 가능하다. 몇 배나 빠른 속도로!

"마음에 구멍이 뚫리셨네요."

쉬이익, 졸졸졸. 소년의 마음속에서 물이 새고 있었다. 서글픈 눈물 냄새가 짙고 강하게 났다.

새하얀 문 앞에 섰다. 문 위쪽의 둥근 스테인드글라스가 반갑다는 듯 무지갯빛으로 영롱하게 빛났다.

"여기는 1인 특별 관리실 '치유탕'입니다."

치유탕의 문을 열자 눈처럼 희고 지그마한 방이 나왔다. 천장은 높고 오목하게 둥글었고 태양 모양 샤워기가 달려 있었다. 방 한가운데엔 하얀 대리석으로 만든 동그란 욕조,

근처에 세신용 작은 침대가 있었다. 벽에는 유리 진열장이 여럿 있었다. 한쪽에는 크기가 다른 색색의 유리병이 수백 개 있었고, 옆에는 업무 일지가 잔뜩 꽂혀 있었다.

"저희 목욕탕에 인간이 오려면 두 가지 조건이 맞아야 해요. 첫째, 아프고 지친 영혼일 것. 둘째, 목욕탕과 이어진 문을 밟을 것."

인간 세계와 통하는 문은 안전을 위해 수시로 바뀌었다. 물웅덩이, 나무 밑동, 하수구, 장독대 등등. 무심코 지나치기 쉽고 보잘것없는 고인 물이 특별한 출입문이 되곤 했다.

"아아, 밟았어요. 언덕에 고인 흙탕물요."

소년의 두 눈동자에 희뿌연 물기가 어룽어룽했다.

수현이는 여느 때처럼 도서관에서 책을 빌리고 나왔다. 순간 아주 작은 소리가 들렸다. 뭐지, 하며 화단을 살피다 아주 자그마한 새끼 고양이를 발견했다.

"어? 삼색 고양이네."

노란색 눈동자와 코 옆에 노란 점. "삐용" 하고 울며 꼬물

목욕탕에서 찾은
물귀신의 능력 두 번째.

바로, 마음 읽기!

마음에
구멍이
뚫리셨네요.

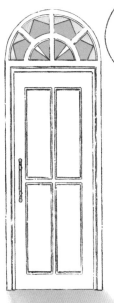

여기는 1인
특별 관리실

'치유탕'
입니다.

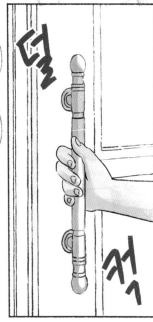

덜

컥

거리는 모습이 참 귀여웠다.

수현이는 평소 고양이에 관심이 많아서 여러 책을 봤다. 새끼 고양이가 혼자 있을 땐 어미가 잠시 먹이를 구하러 갔을 수도 있으니 함부로 데려가면 안 된다고 했다. 귀엽다고 만지는 것도 금물. 돌아온 어미가 새끼 몸에 밴 낯선 인간 냄새 때문에 버릴 수 있기 때문이다. 고양이 가족이 영영 헤어지지 않도록 하루 이틀은 지켜봐야 하지만, 역시 바로 데려가고 싶었다. 그래도 배운 대로 해야겠지. 조금 더 기다려 보자.

"꼬마야, 내일 다시 올게."

수현이는 떨어지지 않는 발길을 돌려 집으로 왔다. 책을 읽었지만 머릿속은 온통 고양이 생각뿐이었다. 밥은 먹었을까. 엄마 고양이가 나타나지 않으면 어쩌지. 집으로 데려와도 되나. 수많은 생각에 뜬눈으로 밤을 지샜다.

다음 날. 수현이는 학교를 마치자마자 도서관으로 가 새끼 고양이를 살폈다. 몸을 웅크리고 얌전히 혼자 있었다. 잠이 많은 걸까, 아니면 어디가 아픈 걸까. 어미가 약한 새끼는 버린다고 하던데. 괜한 걱정이 구르는 눈덩이처럼 점점 몸집을 불렸다. 이대로 쫄쫄 굶고 있으면 하루 더 지켜보는 건 위험하겠다 싶었다. 에라, 모르겠다.

"그냥 우리 집에 가자."

수현이는 조심스레 새끼 고양이를 들어 올렸다. 심장이 콩닥콩닥 뛰었다. 크기가 주먹만 했다. 깃털처럼 가벼워 불면 날아갈까 소중히 품에 안았다. 잠깐 동물병원에 들러 분유와 젖병을 사고 사용법도 배웠다. 집에 와서 분유를 타자 어른이 된 기분이었다. 고양이가 젖병을 힘차게 쪽쪽 빨자, 귀가 나비처럼 팔랑팔랑 움직여 신기하고 귀여웠다. 이 정도면 금방 건강해지겠지.

"이름을 뭘로 할까?"

고민하던 사이, 새끼 고양이가 젖병에서 입을 떼고 가느다랗게 울었다.

"삐용."

울음소리가 수현이의 마음속에 쏙 들어왔다.

"좋아. 오늘부터 네 이름은 삐용이야!"

삐용이도 새 이름이 마음에 드는지 연신 삐용, 삐용 기분 좋게 울어 댔다.

저녁에 일을 마치고 돌아온 부모님이 삐용이의 울음소리를 듣고 놀라서 펄쩍 뛰었다. 털 많이 빠진다, 십수 년 키워야 한다, 온갖 이유로 안 된다고 반대했지만, 수현이는 오히려 화가 났다.

"엄마 아빠 바빠서 저 혼자 있는 시간이 많잖아요. 함께할 가족이 필요해요!"

외동인 수현이를 위해 더는 반대할 수 없었다. 삐용이가 무럭무럭 자라면서 그 선택이 옳았다는 걸 부모님도 알게 됐다.

"삐-용!"

수현이가 학교에 다녀오면 삐용이가 현관으로 쪼르르 마중을 나왔다. 집 안 어디든 졸졸 따라다녔고, 늘 수현이 무릎에 올라와 앉았다. 잘 때도 수현이의 겨드랑이에 쏙 들어가 함께 잠을 잤다. 삐용이는 얼굴도 귀여운데 애교도 많고 사랑스러웠다. 아, 행복해.

"우리 막내딸이 오빠를 엄청 좋아하네."

결국 부모님도 삐용이에게 푹 빠져 버렸다. 당연한 일이었다. 수현이는 매일매일 행복했다. 주말이면 깃털 낚싯대를 흔들며 삐용이와 하루 종일 놀았다. 눈을 맞추며 같이 밥을 먹고 잠도 자고 매 순간 함께했다.

평생 이렇게 즐겁게 지낼 거라 믿었는데 겨우 일 년 만에 꿈이 깨지고 말았다.

삐용이가 새벽에 갑자기 "삐용!" 비명을 질렀다. 한 번도 밤중에 소리를 지른 적이 없어 수현이는 놀라서 불을 켰다. 삐용이가 발버둥을 치며 괴로워하더니 숨이 멎었다. 수현이 심장도 잠시 같이 멎었다.

"삐, 삐용아! 삐용아!"

뒤늦게 부모님도 방으로 달려왔다. 하지만 할 수 있는 건 아무것도 없었다. 삐용이는 이미 세상을 떠났다. 수현이는 믿고 싶지 않았다. 모든 것이 거짓말 같았다. 자기 전까지만 해도 멀쩡했는데. 혹시 그동안 계속 아팠던 걸까. 왜 미리 알아차리지 못했을까. 가슴이 찢어질 듯 아팠다. 미안해서 눈물이 줄줄 흘렀다.

삐용이를 보내고 싶지 않았다. 그래서 부모님에게 부탁해 이틀 동안 집에서 더 돌봤다. 예쁜 바구니에 하얀 수건을 깔고 삐용이를 눕혔다. 눈을 감고 있는 모습이 꼭 잠을 자는 것 같았다. 삐용아, 하고 부르면 눈을 뜨고 기분 좋다고 골골송을 불러 줄 것만 같았다.

삐용이의 삼색 털을 만졌다. 여전히 부드러웠다. 하지만 더는 따뜻하지 않고 차가웠다. 모습은 똑같은데 체온만 달랐다. 눈물이 또 왈칵 났다.

사흘째 되는 날 더는 미룰 수 없어 부모님과 함께 삐용이를 뒷산에 묻었다. 마음이 텅 비어 버려 겨울처럼 춥고 시렸다. 일주일 내내 학교를 마치고 인덕을 올랐다. 매일매일 삐용이가 그리워 무덤을 찾아 눈물을 펑펑 쏟았다. 할 수만 있다면 다시 한번 만나고 싶었다. 못다 한 말도, 하고 싶은 말도, 너무나도 많았기 때문이었다.

"저는 왜 살아야 하는 걸까요?"

초목이는 귀를 의심했다. 어린 소년에게 어울리지 않는 말이었다. 구멍 난 마음의 물소리가 더 세졌다. 줄줄줄줄.

"글쎄요. 저는 물귀신이라 잘 모르겠어요."

초목이의 최초 기억은 물속에 홀로 둥둥 떠 있는 자신의 모습을 본 것이었다. 태어날 때부터 물귀신이었는지, 인간이었다 죽어서 물귀신이 된 건지. 아무런 기억도 실마리도 없었다. 그래서 삶과 죽음은 대답하기 어려웠다.

"마음이 너무 아파요. 이렇게 아플 줄 알았으면 삐용이 데려오지 말걸. 정 주지 말걸. 사랑하지 말걸."

소년은 무릎에 얼굴을 묻고 엉엉 울기 시작했다. 마음에서 물비린내가 화악 풍겨 왔다. 콸콸콸콸콸.

'삐용이? 반려동물이 죽은 걸까.'

초목이는 가만히 소년의 등을 도닥였다. 선뜻 말을 건네기 조심스러웠다. 죽음을 위로할 수 있는 단어는 세상에 없으니까. 하지만 자그마한 용기는 줄 수 있었다.

"손님, 저희 목욕탕은 단순히 몸만 깨끗이 하는 곳이 아니에요. 마음을 치유하려면 안의 곪은 것들을 모두 쏟아 내야 해요. 그게 말이든, 수분이든, 때든. 뭐든지 말이에요. 저희는 슬픔과 마음의 때도 시원하게 밀어 드립니다!"

원칙대로라면 먼저 탈의실로 안내한 뒤 옷을 갈아입고 와야 욕조로 보내지만, 지금은 그럴 상황이 아니다.

"그럼 손님, 실례 좀 하겠습니다! 탕으로 이동!"

초목이는 소년을 와락 껴안고 붕 떠올랐다. 가뿐히 날아올라 둘은 욕조로 빠졌다.

풍덩!

탕 안의 물이 모두 소년이 흘린 눈물처럼 느껴졌다. 졸졸졸, 귓가에 들리는 물소리도 소년의 눈물이 흐르는 소리 같았다. 초목이는 재빨리 속으로 누군가에게 말을 걸었다.

'치유탕에 인간 손님이 오셨습니다. 마음에 구멍이 크게 나셨어요.'

초목이 마음의 물소리가 번개처럼 목욕탕 이곳저곳을 지

나 주인님의 마음에까지 닿을 것이다. 여긴 주인님의 신비로운 힘으로 만든 공간이라 어떤 물이든 이어져 있으니까. 아직 수련이 부족해서 전달만 하고 답변은 못 듣는 게 아쉬웠다. 초목이의 목표는 주인님과 쌍방향 소통이었다.

"푸하!"

둘은 수면 위로 머리를 내밀었다. 수현이는 흠뻑 젖어 놀란 얼굴로 숨을 골랐다.

"정말 데려온 걸 후회해요? 삐용이랑 같이 있을 때 슬프기만 했어요?"

초목이의 말에 수현이는 재빨리 고개를 저었다. 행복한 추억들이 셀 수 없이 많았다. 평범한 고양이가 아니었다. 친동생이자 가족 그 이상이었다.

"거봐요. 기쁜 순간이 더 많았잖아요. 후회하지 마요. 그동안 행복했던 것들이 모두 쓸모없는 것처럼 되잖아요."

수현이가 숨을 흡 삼켰다. 그런 생각은 단 한 번도 해 본 적이 없었다.

"아니에요. 전혀 쓸모없지 않아요. 삐용이의 추억은 저한테 정말 소중해요!"

"맞아요. 사실 저도 손님처럼 왜 살아야 하나 싶을 정도로 힘든 때가 있었어요. 하지만 살길 잘했어요. 목욕탕에서 일하면서 행복한 추억을 너무너무 많이 쌓았거든요. 삶의 의미는 저마다 다르겠지만. 저는 '행복한 추억을 쌓기 위해서' 살아요."

수현이는 가슴이 찌르르 울렸다. 일 년 동안 삐용이와 추억을 많이 쌓았다. 당장이라도 손에 잡힐 듯 모두 생생했다.

"하지만, 앞으로는 행복한 추억을 쌓을 수 없어요. 삐용이는……."

울컥울컥. 불현듯 욕조의 물이 괴물 같은 소리를 내며 넘치기 시작했다. 따스했던 온탕의 물이 수현이의 차갑게 식어 버린 마음처럼 점점 서늘해졌다. 마법의 물은 이용하는 손님의 마음에 따라 온도가 바뀌고 파도가 일기도 했다. 어설프게 치유를 도우려다 부정적인 감정을 극대화하고 말았다.

'크, 큰일났다. 폭주가 시작됐어요. 주인님 얼른 오세요!'

철썩철썩. 수현이 주변으로 하얀 파도가 일더니 천장이고 벽면이고 물방울을 마구 뿜어 댔다. 어느새 입구 문턱까지 물이 차올라 휴게실까지 흘러갈 지경이었다. 초목이는 물이 틈새로 새 나가지 못하게 건조 마법이 걸린 발 매트로 입구를 막아 흡수시켰다. 용량이 다 찰 때까지 주인님이 오지 않을까 봐 발을 동동 굴렀다. 얼마나 버텼을까.

샤아아아, 신비로운 물소리가 났다. 곧 물로 찰랑거리는 바닥에서 거대한 물기둥이 솟아났다. 허물을 벗듯 물이 한 겹 벗겨지자 사람 형태가 나타났다. 코와 입은 없지만 초승달처럼 웃는 눈은 무척 상냥해 보였다. 투명한 몸속에는 하얀 물거품이 구슬처럼 영롱하게 빛났다. 롱드레스를 입은 듯 긴 물꼬리에 하얀 파도가 일었고, 푸른 머리카락에는 새하얀 도라지꽃 한 송이가 꽂혀 있었다.

"안녕하십니까. 방울방울 목욕탕의 '수신'이옵니다."

수신(水神)은 물의 신이자 이 목욕탕의 주인이었다.

"수신님, 죄송합니다. 괜히 오지랖 부려서 죄송합니다."

초목이가 허리를 굽히며 머리를 조아렸다. 가만히 있으면

중간이라도 가는데 또, 또 민폐를 끼쳐 버렸다. 얼굴이 뜨거워졌다.

"잘했사옵니다. 마음을 치유하려면 어떻게 하라고 일러 줬지요?"

초목이는 뜻밖의 반응에 놀라 고개를 슬쩍 들었다.

"마음속 곪은 것들을 모두 쏟아 내야 한다고 하셨어요. 말이든, 수분이든, 때든 뭐든지. 아아! 설마 눈물?"

수신은 말없이 눈웃음 지으며 천천히 욕조로 향했다. 미끄러지듯 걷는 걸음걸음마다 차라랑 물방울 굴러가는 소리가 기분 좋게 났다.

"초목 양, 마음 진단은 하였는지요?"

한 달간 초목이는 수신이 손님들에게 처방하는 치유법을 보고 배웠다. 하지만 그것만으로는 다양한 사연을 가진 손님들을 다 맞추기에는 역부족이었다.

"네? 아, 네. 죽음은 처음이라 조금 어려웠지만."

초목이는 근처에 있는 유리장을 봤다. 그 안에는 그동안 수신이 손님들을 치유하고 기록한 '치유탕 업무 일지'가 수

천 권 꽂혀 있었다. 초목이는 잠을 자지 않으니 손님이 없는 시간대에 수시로 들어와 업무 일지를 읽었다. 날이 새는 줄도 모르고 다양한 사연을 읽고 또 읽었다. 어떨 땐 절로 눈물이 났고, 어떨 땐 너무 화가 났고, 어떨 땐 깔깔 웃음이 났다. 증상에 맞는 치유법이 기억이 안 날 땐 열심히 찾아서 복습하는 것도 잊지 않았다. 아직 실력이 많이 부족하지만, 머릿속으로 고르고 고른 것 중에 반짝 좋은 생각이 떠올랐다.

"손님께는 별빛탕이 좋을 듯합니다."

초목이는 자신의 판단이 옳았을까 조금 걱정됐지만, 수신은 초목이를 오롯이 믿어 주고 있었다.

"손님, 잠시 탕에 손을 넣겠사옵니다."

수현이는 우느라 정신이 없어 수신이 온 줄도 몰랐다.

"물방울의 정령이여, 깨어나십시오."

톡, 톡, 톡톡, 톡톡톡톡톡.

물방울들에 점을 콕 찍은 듯 까만 눈과 입, 주먹 쥔 동그란 손이 생겼다. 크기가 쌀알만큼 작다고 무시하면 안 된다. 모이면 커다란 파도처럼 강해지니까!

"방울님, 부탁드리옵니다."

수신의 말이 끝나자마자 물방울들이 빙글빙글 돌며 귀엽게 노래를 불러 댔다.

"방울방울 방울방울 방우르르~."

초목이는 흥미진진하게 바라봤다. 방울님은 엇박자로 폴짝폴짝 뜀뛰기도 하고 옆으로 데구루루 구르며 재롱을 부렸다. 이번에는 대체 무엇으로 변할까. 수많은 방울님이 소년의 가슴 쪽으로 성큼 다가가더니 빛과 함께 무언가로 변했다.

"엥? 수도꼭지?"

소년의 가슴에 금색 수도꼭지가 달렸다. 방울, 방울! 여러 방울님이 노래에 맞춰 조막만 한 손으로 수도꼭지를 돌렸다. 삐걱, 삐걱 소리 끝에 하얀 물이 무서운 기세로 쏟아져 나왔다. 콸콸쾰콸콸. 소년의 마음에서 들었던 그 소리였다.

동시에 쿠구궁, 하는 엄청난 소리와 함께 치유탕이 크게 흔들렸다. 초목이는 휘청이며 엉덩방아를 쿵 찧었다. 지진인가. 더 놀라운 건 욕조에 물이 넘치지 않는다는 것이었다. 그리고,

"수, 수신님. 손님이 없어졌어요!"

"안에 계시옵니다. 눈물의 양이 많을 때 이 방법이 가장 좋사옵니다."

초목이는 재빨리 욕조에 고개를 들이밀었다 눈이 휘둥그레졌다. 세상에. 원래 욕조는 보통의 깊이였지만 지금은 달랐다. 바닥이 엄청 깊어져서 마치 높은 빌딩에서 내려다보는 것 같았다.

"와, 손님이 개미만큼 삭아졌어요."

수현이는 밑바닥에 있어 잘 보이지도 않았다. 하지만 새하얀 물이 로켓보다 빠른 속도로 차오르고 있었나. 이게 다 손님의 눈물이라니. 사랑하는 반려동물을 잃은 슬픔의 크기를 새삼 체감했다.

"수신님, 손님 괜찮을까요? 인간은 물에서 숨을 못 쉬잖아요."

"진심 어린 마음의 눈물은 누군가에게 생명을 줄 순 있어도 앗아갈 순 없답니다."

잘 모르겠지만 안전하다는 말 같아 초목이는 마음이 놓였다.

욕조의 물은 끊임없이 차올라 흘러넘치기 직전에서야 겨우 멈췄다. 수현이는 욕조 밑바닥에서 둥둥 떠 있었다. 연못에 홀로 사는 물고기 같기도 하고 옛날의 자신의 모습처럼 외로워 보이기도 했다.

"초목 양, 이제 손님을 데리고 올 수 있사옵니까?"

"물론이죠! 금방 다녀오겠습니다!"

초목이는 기다렸다는 듯 벌떡 일어섰다. 수신님께 물귀신의 저력을 보여 줄 때가 되었다. 하얀 대리석을 밟고 올라섰다. 다이빙선수처럼 멋지게 포즈를 취한 뒤 뜀을 뛰어 욕조 속으로 들어갔다. 하얀 물거품이 초목이의 열정만큼이나 크게 일었다.

풍덩!

물속에 슬픔과 상실감만 녹아 있을 거라 생각했는데, 예상이 틀렸다.

'마음의 온기로 훈훈해.'

따스한 햇볕 가득한 봄날처럼 기분 좋았다. 행복과 기쁨, 즐거운 마음들이 물방울이 되어 초목이의 몸을 톡톡 간질여 댔다.

'아아, 슬픔의 눈물도 있지만, 행복했던 추억의 눈물이 더 많구나.'

삐용이를 얼마나 사랑했는지 진정으로 느껴졌다. 첨벙, 첨벙. 밑바닥으로 헤엄쳐 내려오자 눈을 감은 소년이 보였다. 가슴에 꽂혀 있던 수도꼭지는 이미 사라지고 없었다. 마음의 눈물을 모두 쏟아 냈기 때문이었다. 수현이를 안고 가만히 도닥여 주었다. 고생했어. 돌아가자. 밝고 환한 세계로. 초목이는 힘차게 발을 굴렀다.

"푸핫!"

욕조 밖으로 소년을 끌어내고 나니 왠지 싱숭생숭한 기분이 들었다. 다들 물귀신은 사람을 물속으로 끌어들인다고만 알 텐데. 반대로 물 밖으로 꺼내 구해 주기도 한다는 건 아무도 믿어 주지 않겠지. 어쩔 수 없다. 오해받는 거 익숙하니까.

"손님, 이제 정신이 드시옵니까?"

조금 뒤 수현이는 자신을 아기처럼 안고 있는 수신을 보고 눈이 동그래졌다. 몸속에 물이 졸졸 흐르는 요괴. 하지만 온화한 말투와 다정한 눈웃음을 보니 무섭기보다 친근하고 신비로운 감정이 들었다. 꼭 좋아하던 판타지 영화 속 요정을 직접 본 기분이었다.

"인사가 늦었습니다. 방울방울 목욕탕의 주인 수신이옵니다."

수신은 미끄러지듯 이동해 손님을 세신 침대에 눕혀 놓았다. 수현이는 욕조에 들어가 운 기억은 있는데 그 이후는 흐릿했다.

"이상해요. 실컷 울고 났더니 머릿속이 맑아졌어요. 아빠가 늘 남자는 울면 안 돼, 슬퍼도 참아야 해, 하면서 이겨 내라고 했는데……."

초목이가 목에 핏대를 세우며 발끈했다.

"그건 차별이에요! 슬픔에 남자 여자가 어딨어요. 남자도 감정 있는데 슬플 때 울어요! 펑펑 울고 나면 스트레스가 없어져요. 눈물을 흘리면 스트레스 호르몬이 빠져나가거든요. 참으면 병나요!"

"맞사옵니다. 눈물은 감정이 솔직한 사람만이 흘릴 수 있는 법. 내 감정을 속이지 않고 스스로 인정하고 지켜 주는 법도 필요하옵니다."

수현이는 고개를 끄덕였다.

"울면 안 된다고 동요까지 만들어서 강요하는 것도 너무 싫어요. 그런 사람들은 양파 썰다 눈이 매워도, 눈에 먼지가 들어가도, 문지방에 새끼발가락 찧어도 절대 울지 마라! 흥!"

초목이가 콧방귀를 뀌다가 수현이와 눈이 딱 마주쳤다. 둘은 동시에 "푸하하하" 웃음을 터뜨렸다. 그러다 수현이는 아, 하며 금방 정색했다. 웃을 생각이 없었는데 여기 있으니 마음이 편해지고 아픈 마음이 사르륵 녹는 기분이었다. 참 이상한 곳이었다.

"이제 세신을 시작해도 괜찮겠사옵니까?"

"때를 미는 건가요?"

"예. 하지만 때는 손으로 미는 게 아니에요. 마음으로 미는 거지요."

수신이 팔을 들어 우아하게 손짓했다. 그러자 곁에 있던 물방울들이 손끝에 빙그르르 모여들었다. 물방울들은 엿가락처럼 늘어났다 줄어들었다 하며 모양을 바꾸더니, 검푸른 긴 수건으로 변했다. 하얀 별들이 총총히 예쁘게 박혀 있었다.

"은하수로 만든 것 같아요."

"방울님은 '물의 기억'으로 물에 깃들었던 모든 걸 만들 수 있는데, 이 수건은 밤바다에서 쉬던 별빛으로 만들었사옵니다."

물방울 수건에서 철썩철썩 파도 소리가 어렴풋이 났다. 수현이는 그 소리를 듣기만 해도 마음의 피로가 사악 풀리는 느낌이 들었다.

"방울님, 잘 부탁드리옵니다."

"방울방울 방울방울 방우르르~."

물방울 수건은 노래를 부르며 면발처럼 구불구불 움직이더니 수현이에게 날아가 몸 이곳저곳을 훑었다. 옷소매 틈으로 들어가 목깃으로 나오기도 하고, 뺨 위로 올라가 비비적거리기도 하고, 강아지가 장애물 뛰어넘듯 양 무릎 사이사이를 오가기도 했다.

수현이는 간지러워서 몸을 움찔거리며 입가에 미소를 띠었다. 기분이 두둥실 떠올랐다. 손길 하나하나가 정성스러웠고 소중히 대해 주는 마음이 느껴졌다. 점점 몸과 마음이 하얀 도화지처럼 맑게 변하는 느낌도 들면서 정신이 몽롱해졌다.

"손님의 때를 조금 모으고 있사옵니다."

"제 때요?"

수현이는 정신이 번쩍 들었다. 지우개 똥을 모아 까만 공으로 만든 적은 있지만, 자신의 때를 모을 생각은 해 보지 않았다. 까만 때가 많이 나왔을까 봐 민망했지만 괜한 걱정이었다. 물방울 수건에서 나온 때는 놀랍게도 별빛처럼 은

색으로 빛났다.

"반려묘와 함께 살을 맞댄 추억의 때를 벗겼사옵니다."

수신은 수현이의 마음속 물의 기억으로 그리운 상대가 고양이라는 걸 알았다.

"그래서 은색 때가 저렇게나 나왔구나. 삐용이는 항상 제 무릎에 앉고 겨드랑이에 끼여서 잠들었거든요."

수건이 집중적으로 두 부위를 민 이유를 알게 되었다.

"손님! 때가 많아서 다행이에요!"

초목이가 감탄하자 수현이는 얼굴이 조금 뜨거워졌다. 칭찬 같기도 하고 창피하기도 하고. 하지만 분명 때가 많이 나와서 흐뭇한 건 처음이라 절로 웃음이 났다.

어느새 은색 때들이 가득했다. 꼭 크기가 작은 고양이만 해졌다.

"방울방울 방울방울 방우르르~."

물방울 수건이 은색 때를 동그랗게 에워싸고 빙글빙글 돌기 시작했다. 그러자 새하얀 수증기가 모락모락 피어나더니 놀라운 소리가 들렸다.

수현이는 단박에 알아들었다. 영원히 잊히지 않을 목소리. 수증기가 걷히고 나타난 모습을 보고 눈물이 또 왈칵 났다.

"삐용아!"

삼색 고양이 삐용이가 앉아 있었다. 투명한 별처럼 반짝반짝 빛이 났다.

"약 5분. 별빛이 사라질 때까지 대화할 수 있어요. 제가 시간 봐 드릴게요."

초목이가 치유탕 벽에 걸린 디지털시계를 봐 주었다. 손님이 삐용이를 얼싸안고 기쁨의 눈물을 흘리며 좋아했다. 역시 별빛탕을 추천하길 잘했다. 둘이 살을 맞댄 추억이 적었다면 때가 잘 안 나와 저승에 간 이를 소환할 수 없었을 것이다. 때가 많아서 참 다행이었다.

"수현아, 나를 많이 사랑해 줘서 고마워."

"삐용아! 어떻게 말할 수 있어?"

"수신님과 방울님이 도와주셨어."

옆에서 방울님들이 자신의 덕이라는 듯 통통 튀며 "방울

방울" 웃어 댔다.

"삐용아, 미안해. 네가 아픈 것도 미리 알아차리지 못했어. 네가 죽은 게 꼭 내 탓 같았어. 널 더 보살피고 아껴 주지 못해 미안해. 정말 미안해."

삐용이가 까슬까슬한 혀로 수현이 뺨에 흘러내린 눈물을 핥아 주었다.

"네 탓이 아니야. 나는 태어날 때부터 몸이 약했어. 새끼 때 길에서 죽을 운명이었는데 네 덕분에 일 년을 더 산 거야. 너와 함께해서 행복했다고 말하고 싶었어."

둘은 서로를 안고 한참을 울었다. 때론 백 마디 말보다 한 번의 울음이 더 많은 이야기를 전해 준다. 하지만 야속하게 시간은 자꾸만 흘러갔다.

"이제 30초 남았어요!"

둘은 눈을 맞추며 미소 지었다. 마지막으로 기억될 작별 인사는 웃는 얼굴이 좋으니까.

"수현아, 넌 내 최고의 친구였어. 우리 언젠가 다시 만나자."

"응, 나도 그래. 우리 반드시 만나!"

수현이의 말을 끝으로 삐용이가 환한 빛을 내며 하늘로 점점 올라갔다. 수현이는 안타까운 마음에 세신 침대에서 일어나 손을 위로 뻗었지만 삐용이는 잡히지 않았다.

"수현아, 사랑했어. 안녕."

삐용이는 빛나는 미소를 남기고 별가루처럼 알알이 흩어졌다.

수현이는 마음이 뜨거워졌다. 하지만 삐용이가 죽었을 때와 달랐다. 훈훈한 기운이 마음에 스며들어, 아프고 슬펐던 순간보다는 행복한 순간의 기억이 더 커졌다.

"원래부터 마음이 약한 사람은 없대요. 마음이 잠시 약해진 사람만 있을 뿐."

초목이는 수신에게 들었던 말을 해 줬다.

"행복이란 불행을 먹고 더 크게 자라는 법이옵니다. 마음에 작은 공을 만드세요. 바닥에 부딪히면 튀어 오르는 공처럼 아픔에서 다시 일어서십시오."

물방울 수건이 수현이 몸을 여러 바퀴 빙빙 돌았다. 그러자 수건이 서너 배로 뚱뚱해졌다. 젖었던 수현이의 몸과 옷의 물기를 싹 흡수해 뽀송뽀송하게 만든 덕이었다.

수현이가 감사의 인사를 전하려 할 때, 하얀 문이 살짝 열린 게 보였다.

그곳에 검은 고양이가 서 있었다. 황금색 목걸이에 달린 하트 모양 이름표에는 '묘묘'라 적혀 있었다. 황금색 눈동자가 삐용이와 똑닮았다.

수현이는 홀린 듯 다가가 자신을 올려다보는 고양이를 와락 안았다.

"묘오!"

초목이는 놀라웠다. 목욕탕 직원 묘묘는 평소 낯가림이 심한데 수현이에게는 얌전히 안겨 있어서였다.

"수신님, 삐용이 없이 제가 잘 살 수 있을까요?"

"물론입니다. 이별을 두려워하지 말고 다시 사랑하십시오. 그대를 필요로 하는 이는 세상에 아주 많사옵니다."

초목이도 옆에서 한마디 거들었다.

"삐용이는 무지개다리 건너 고양이 별에 잘 갔을 거예요.

그리고 주인이 너무 슬퍼하면 미련 생겨서 좋은 곳에 못 가고 구천을 떠돈대요. 그래도 괜찮아요?"

"저, 절대 안 돼요! 우리 삐용이 고양이 별 가야 해요. 좋은 추억을 더 기억할게요. 그리고…… 언젠가 또 고양이를 만나면 삐용이처럼 다시 사랑할래요."

"아주 훌륭해요. 이별이 두렵다고 사랑할 기회를 포기하지 말아요!"

초목이가 양손의 엄지를 치켜세우자, 수현이는 일주일 만에 밝은 미소를 지으며 화답했다.

수현이는 모두의 배웅을 받으며 연못문 앞에 섰다.

"언젠가 마음이 또 힘들면 방울방울 목욕탕을 떠올리며 물웅덩이를 밟아요. 그러면 여기 올 수 있어요. 하지만 안 오는 게 가장 좋아요. 그건 바로 마음이 건강하다는 증거니까!"

"네, 오지 않도록 노력할게요. 고맙습니다. 평생 잊지 않을게요. 안녕!"

초목이는 잃어버린 웃음을 되찾아 떠나는 손님을 볼 때

마다 기뻤다. 치유탕은 매일 운영하는 건 아니었지만, 손님이 올 때마다 고민이 참 다양했다. 치유탕에 처음 따라왔을 때는 모든 해결법을 아는 수신을 옆에서 구경만 했다. 그러다가 수신이 이런저런 질문을 건네며 초목이가 치유법을 스스로 떠올릴 수 있게 도와주었다. 가끔 틀린 답을 말할 때도 있지만 어떻게든 좋은 방향으로 이끌어 주는 수신이 참 대단하고 멋지고 존경스러워 본받고 싶었다.

"치유탕에 좋은 물이 생겼사옵니다."

"네. 제가 유리병에 담아 잘 보관할게요!"

목욕이 끝난 치유탕 물은 마음의 때로 오염돼 쓸 수 없는 게 내부분이다. 하지만 오늘처럼 때때로 특별한 재료가 남기도 했다. 초목이도 눈물 속에 들어가 봤기에 얼마나 따스하고 좋은 물인지 알 수 있었다. 유리 신얼장에 있는 빈 유리병을 가져와 수면 위에 비스듬히 가져다 댔다. 슈우우우, 바람 소리를 내며 엄청나게 깊던 물이 가운뎃손가락 길이의 유리병 속에 쏙 들어갔다. 아주 예쁜 하늘색의 물약이 되었다.

삐용이와 함께한 추억 한 방울. 치유탕 요금 확인 완료!

"초목 양, 오늘 여러모로 아주 잘하였사옵니다."

따스한 도닥임에 초목이는 괜히 울컥했다. 실수투성이인데도 수신은 한 번도 혼내지 않고 늘 위로와 격려를 해 주었다. 눈물을 참지 않고 흘렸다. 눈물은 솔직한 이만 흘릴 수 있고, 기쁠 때도 울어야 더 행복해지니까.

"수신님, 전 제가 물귀신인 게 너무 싫었어요. 하지만 목욕탕에 와서 제가 물귀신인 게 너무 좋아요. 도움이 될 수 있어 자랑스러워요. 내 능력을 마음껏 좋은 일에 쓰고 싶습니다. 더 열심히 할게요!"

수신은 기특하다는 눈빛으로 초목이의 머리를 쓰다듬어 주었다.

"초목 양, 이미 충분하옵니다. 대충 하십시오."

욕조 위에 있던 방울님들도 방방 뛰며 "방울방울" 잔소리해 댔다. 수신님처럼 대충 하라고 말하는 거겠지. 하지만 어림도 없지. 초목이의 사전에 '대충'이라는 단어는 없으니까. 초목이는 곧 써야 할 업무 일지 파일과 청소 솔, 묘묘를 양손 가득 번쩍 들었다.

"전 일하는 게 제일 좋아요!"

치유탕 업무 일지

요괴력 13월 3일 오전   담당자 : 초목

고객 정보			
이름	고수현	나이	12세
증상	마음에서 쉬익, 졸졸 물 새는 소리가 남		
마음 진단	첫 반려동물과 이별해서 상처가 큼		
처방	별빛탕		
효능	때를 모아 그리운 이를 만나게 한다		
손님 만족도	☆☆☆☆☆		

치유탕 점검표 (양호:O, 불량: X)	
탕 온도	O
위생 및 청소 상태	O
세신 침대 정리	O
목욕 용품 보충	O
방울 요금 확인	O

일 년이 지나 수현이네 주방에 사는
방울님이 소식을 전해 왔다.
보호소에서 안락사 위기에 처한
삼색 길고양이를 입양했는데 아주
잘 지낸단다. 이번에는 알콩달콩
오래오래 사랑했으면 ♡

두 번째 손님_목욕탕이 두려운 어린 선녀

작은 먼지를 위한 연꽃탕

요괴들은 잠을 자지 않으니 방울방울 목욕탕의 불은 꺼지지 않았고 특히 한밤중과 새벽이 가장 바빴다. 초목이도 25시간째 근무 중이었지만 먹고, 자고, 쉬는 것보다 일하는 게 더 좋았다.

'나를 찾아 주는 손님이 언제 또 오실까.'

바깥세상에서는 발에 채는 돌멩이보다 못한 신세였는데, 목욕탕에서는 꽤 쓸모 있는 존재가 되었다. 일반탕·냉탕·약초탕·어린이탕을 청소할 때도 두리번, 쓰레기통을 비울 때도 두리번, 샴푸·린스·비누 보충할 때도 두리번. 도움의 손길이 필요한 이를 위해 항시 눈에 불을 켰다.

"앗, 벌써 시간이."

초목이는 휴게실의 벽시계를 확인하고 일반탕 쪽을 봤다. 유리 출입문 위쪽 양옆으로 푸른 풍등이 하나씩 있었다. 밝은 조명처럼 보이지만, 안에는 손님들이 목욕탕을 이용하고 요금으로 낸 마음 한 방울이 차곡차곡 모여 있었다. 초목이는 둘 중 가득 찬 하나를 들고 치유탕으로 들어갔다. 욕조 옆에 풍등과 빈 유리병 수십 개를 놓았다.

"방울님들 부탁드립니다!"

욕조 속에서 잠을 자던 방울님들이 기지개를 켜며 깨어났다. 도도도, 움직이며 풍등 속 유리병 안으로 퐁당 들어갔다. 그러곤 손님들의 다양한 추억을 색깔별로 분류해 빈 유리병에 옮겨 담았다.

그동안 초목이는 할 일이 있었다. 유리병과 업무 일지가 있는 유리 진열장 사이에는 목욕탕 유일의 작은 창문이 있었다. 열리진 않았다. 초목이 얼굴 크기의 창문 너머는 온통 숲만 있어 이곳이 어딘지 알 수 없었다.

"달빛이 잘 담기고 있네."

창틀에 놓아둔 유리병에 달빛이 잘 흡수되고 있었다. 한 달 동안 매일 달빛을 모으면 달빛탕에 재료로 쓸 수 있다. 뿐만 아니라 별빛, 햇빛도 유리병에 담았다. 각각 효능이 뭐였더라. 끙, 기억 안 나. 업무 일지를 더 외워야겠다.

아침 해가 떠오르면 목욕탕은 조금 한가해졌다. 하지만 휴식 시간이 아니라 다음 손님을 맞을 준비를 하는 시간이었다. 다섯 직원은 저마다 바빴다. 초목이는 수신이 쓴 업무 일지를 읽으며 청소를 했고, 수신은 책을 읽었고, 강철이는 매점의 음식을 조리했고, 일반탕 세신사 핑크는 요가를 했고, 묘묘는 귀여운 표정을 짓고 있었다.

"귀여움이 세상을 구한다! 우리 목욕탕 에이스는 너야!"

"묘오!"

치유탕 욕조 안에 몸길이 2미터의 초대형 고양이가 앉아 있었다. 묘묘는 평소엔 보통 고양이 크기지만, 일할 때는 몸을 크게 부풀리기도 했다. 5미터든, 방울님처럼 쌀알만 하든 초목이는 묘묘를 껴안고 사정없이 뺨을 비비적거릴 것이다.

"왕 크니까 왕 귀여워."

묘묘는 이집트 신화 속 고양이 신 바스테트처럼 날씬한 몸매에 검은 털, 황금색 눈을 가졌지만, 실은 한국 고유의 요괴 '묘두사'였다. 원래 묘두사는 고양이 머리에 뱀의 몸을 하고 있는데 묘묘는 돌연변이였다. 금색 뱀인 꼬리만 빼면 보통 고양이 모습이었다. 백 년 전, 새끼 때 가족에게 버림 받아 길가에 울고 있는 걸 수신님이 데려왔다.

"우리 묘묘~ 아이고 잘하네, 잘하네."

초목이는 뜰채로 욕조에 뜬 진흙 같은 마음의 때를 퍼냈다. 오염된 물은 묘묘의 담당이었다.

하아아아. 묘묘가 입으로 푸른 연기를 뿜어냈다. 묘두사 는 한국 요괴 중에 흔치 않게 치유 능력이 있다. 조선 시대 때부터 학질과 같은 전염병을 고쳤고, 지금도 다양한 바이

러스와 세균을 없애고,
실내 공기와 물을 맑게
정화한다. 탁한 물에 푸른 연기가
닿자 점점 투명해지더니 맑은 1급 청정수로 바
뀌었다.

입을 벌리고 특유의 맹한 표정을 짓는 모습은 깨물어 주고 싶을 만큼 앙증맞았다.

"아이 기특해. 누나가 첫 월급 받으면 인간 세상 나가서 츄르 사올게. 힘내!"

"묘오! 묘오!"

맛있는 간식 츄르를 알아들은 묘묘가 금색 뱀 꼬리를 붕붕 흔들었다. 정화가 끝나자 묘묘는 우아한 동작으로 욕조를 나왔다. 젖은 몸의 물기를 털기 위해 머리부터 꼬리 끝까지 흔들었다. 푸드드드. 치유탕 벽면에 물방울이 잔뜩 튀었다. 묘묘가 꼬리를 바짝 세우고 뒤돌아 미안한 표정을 지었다.

"괜찮아, 괜찮아. 누나는 일하는 거 좋아해!"

초목이가 마른 대걸레를 들고 벽에 튄 물기를 닦았다. 일반탕은 벽이 항상 젖어 있지만, 치유탕은 건조하게 유지했다. 물이 없는 특별한 목욕을 할 수도 있어서였다. 걸레에는 건조 마법이 걸려 있어 편하게 일할 수 있었지만, 천장을 닦을 때 팔은 좀 아팠다. 하지만 일이 끝나면 보람이 두 배였다. 청소는 언제나 초목이의 기쁨이었다.

띠로로로롱.

맑고 낭랑한 종소리가 은은히 울려 퍼졌다. 천장을 닦던 초목이는 반사적으로 치유탕을 튀어나와 목청을 높였다.

"어서 오세요! 방울방울 목욕탕입니다!"

종소리는 정중앙의 폭포문에서 났다. 사람 키보다 조금 큰 이 문은 영험한 산의 기운을 본떠 나무, 이끼, 구름으로 이루어진 돌조각이었다. 위에서 졸졸 흘러내리는 물에서 스르륵 나타나는 손님들은 백이면 백,

"선녀님, 안녕하세요! 다른 선녀님들은 2층 선녀탕에 먼저 와 계시답니다."

폭포문으로 소녀 선녀가 들어왔다. 초목이 또래로 보이는 외모였다. 고운 순백색 비단 날개가 하늘하늘 춤추며 은은하게 빛났다. 초목이는 폭포문 위 천장을 손짓했다. 몽실몽실 새하얀 구름이 떠 있는 그곳은 목욕탕의 유일한 복층으로, 선녀들만 입장할 수 있었다. 선녀들은 어떻게 씻을까. 비밀의 공간이 궁금해서 언젠가 데려가 달라고 수신을 조를

생각이었다.

"아…… 다음에 올게요."

선녀는 쭈뼛대더니 폭포문으로 다시 돌아가려 했다. 목욕을 하러 왔는데, 바로 돌아가겠다니 보통 일이 아니다.

"선녀님, 잠시만요!"

이제 만능 해결사가 나설 차례인가.

초목이는 마음을 읽기 위해 몸속 물소리를 들었다. 차르륵, 혈관에서 피 흐르는 소리. 쪼르르, 눈물샘에서 눈물 흐르는 소리. 파아아, 심장에서 피가 온몸으로 퍼지는 소리. 아직 서툴러 물소리를 구별하기는 어려웠다. 하지만 냄새는 확실히 맡았다. 물이 오래 고여 생긴 물비린내.

"마음이 젖으셨네요."

선녀가 흠칫 놀랐다. 누구도 모르게 숨겨 둔 마음을 초목이가 꿰뚫어 보는 듯한 기분이 들었다.

"선녀님, 저를 따라오세요!"

초목이가 선녀의 손목을 덥석 잡아당겼다. 어, 하고 끌려오던 선녀가 건조 마법이 걸린 잔디 발 매트를 밟았다. 그러자 젖은 신발이 바싹 말라 발자국을 남기지 않게 됐다.

둘은 남쪽에 있는 작은 매점으로 왔다. 천장에는 파란 메뉴판이 있고 카운터 밖에는 과자 진열대와 음료·아이스크림 냉장고가 있었다. 카운터 안쪽에는 음식을 조리하는 싱크대와 작은 화덕이 있고, 요주의 인물도 있었다.

"강철 오빠! 바나나 우유 주세요!"

초목이는 카운터 너머 의자에 삐뚜름하게 앉은 사내를 봤다. 자신을 노려보는 붉은 눈동자에는 세상만사 귀찮다는 기색이 뚜렷했다. 갈색 피부와 이목구비는 수려했고 머리 위로 한 뼘 크기의 붉은 사슴뿔 두 개가 솟아 있었다.

"월급에서 깐다."

강철이가 느릿느릿 냉장고에서 우유를 가져와 카운터에 턱, 놓았다. 초목이는 서비스로 달라고 애교를 부리려다, 강철이의 입술 틈으로 붉은 불빛이 번쩍이는 걸 보고는 움찔했다. 강철이는 불을 뿜을 수 있는 이무기였다. 안 무섭지만 초목이는 부랴부랴 우유와 선녀의 손목을 쥐고 본능적으로 도망쳤다.

"걱정하지 마세요. 진짜로 월급에서 까는지, 그냥 하는 말인지 아직 잘 몰라요. 첫 월급 안 받았거든요!"

"네……. 근데 무서운 이무기가 왜 여기에 있죠?"

용이 되려다 실패한 이무기는 흉흉한 소문이 많았다.

"전혀 안 무서워요. 요괴에게 불 안 뿜고 매일 화덕에 쏴요. 직접 조리한 불맛 옥수수, 불맛 달걀, 불맛 회오리감자가 제일 잘 팔려요!"

초목이는 군침을 꿀떡 삼켰지만, 소녀 선녀는 멋쩍게 웃었다. 신성한 천계인이라 아무래도 타락한 이무기가 만든 음식은 영 꺼림칙했다.

둘은 스테인드글라스가 있는 새하얀 문 앞에 섰다.

"저희 목욕탕은 단순히 몸만 깨끗이 하는 곳이 아니에요. 여기는 1인 특별 관리실 '치유탕'입니다. 분실물은 책임지지 않으니 비싼 소지품은 저에게 맡겨 주시고요. 목욕복으로 갈아입고 오세요. 7번 사물함 열쇠입니다."

초목이는 헤실헤실 웃으며 열쇠를 건넸다. 선녀가 탈의실로 간 동안 준비 작업을 했다. 욕조의 수면 위로 손바닥을 대고 수신에게 손님이 왔다고 알렸다. 이번엔 어떤 고민이 있을까. 마음 진단을 잘할 수 있을까. 온수를 틀어 물 온도를 올리자 초목이의 마음도 절로 뜨끈해졌다.

어느새 소녀 선녀가 하늘색 목욕복을 입고 나타나 우물쭈물했다.

"지금 물 온도가 딱이에요. 따끈한 물에서 이거 마시면 천국이 따로 없다니까요?"

초목이는 바나나 우유에 빨대를 탁, 꽂은 뒤 건네줬다.

선녀가 김이 폴폴 나는 욕조에 발끝을 넣자 후끈한 기운이 온몸에 화악 퍼졌다. 여러 번 갔던 선녀탕의 물과 확연히 달랐다. 탕 안에 앉자 가슴팍까지 차오르는 물이 천천히 마음을 데워 주었다. 심장이 묘하게 두근거렸다. 몸과 마음이 훈훈해졌다. 마치 따사로운 햇살이 내리쬐는 여름 해변가에 누워 파도와 바람 소리 들으며 쉬는 기분이었다. 바나나 우유를 마시자 노곤해지며 꿈결처럼 정신이 조금 몽롱해졌다. 이상하게 한 번도 뱉어 보지 못한 속마음이 툭 튀어나왔다.

"저는 제가 선녀인 게 싫어요."

선녀 '련'은 옥황상제를 모시는 궁궐에서 살았다.

막내 선녀들은 오전에 공부를 하고 오후에는 궁궐 청소나 빨래 같은 허드렛일을 했다. 친구들은 공부도 잘하고 말은 일도 완벽하게 척척 잘했는데 련은 아니었다. 공부도 잘 못했고, 심부름을 깜빡하고, 빨래하다 비단을 상하게 하고, 설거지를 하다 그릇을 깨기 일쑤였다.

'나만 실수투성이야.'

친구들처럼 완벽해지려고 온갖 책을 읽으며 무던히 노력했다. 살림 잘하는 법, 실수하지 않는 법, 완벽한 천계인이 되는 법 등등. 잊지 않으려 항상 메모하고 매일 들여다봤고, 실수를 했을 때 원인을 메모해서 반복하지 않으려 노력했다. 하지만 덤벙거리는 성격 탓에 메모장을 잃어버려 전부 소용없어지곤 했다. 아무리 노력해도 친구들의 발끝에도 미치지 않았다. 공부도 일도 뒤처진다고 느껴지니 섬점 열등감에 사로잡혔다.

'작은 먼지보다 더 못한 존재 같아.'

다른 천계인들은 이런 련을 보고 딱하게 생각했다. 어릴 땐 매우 밝고 긍정적이었는데 어느 순간부터 표정이 어두워지고 매사 자신감이 없어 보였다. 선녀들은 마음이 선한 이들이 대부분이라 누구도 련을 혼내지 않았고 오히려 힘

껏 응원해 줬다.

"련, 괜찮아. 처음부터 잘하는 게 어딨어."

"그래, 지금도 잘하고 있어. 우리 같이 힘내자."

주변에서 응원하면 할수록 련은 점점 더 작아지고 기분이 나빠졌다.

'비꼬는 건가?'

아무리 좋은 말을 들어도 거짓말처럼 들렸다. 실은 흉보는 게 아닐까. 친구들이 웃으며 이야기 나누는 모습을 봐도 자신의 험담을 하는 걸까 걱정됐다. '어쩜 그리 칠칠맞니', '실수 안 하게 더 노력해', '선녀인데 왜 그래?' 자꾸만 안 좋은 상상이 련을 끊임없이 괴롭혔다.

'명색이 천계인인데 평범한 인간보다도 더 무능력해.'

속상해서 자존감이 구름을 뚫을 정도로 뚝뚝 떨어졌다. 계속 실수하는 모습을 보이는 것도 창피해서 어느새 친구들을 피해 다니게 되었다.

가장 곤란한 건 목욕이었다.

옛날 옛적부터 선녀들은 인간 세상에 내려와 1급수 폭포

연못에서만 목욕했다. 하늘나라인 천계에는 더러움이 남으면 안 된다는 이유로 목욕탕이 없었다. 덕분에 선녀들은 늘 불안했다. 인간들이 몰래 훔쳐보는 건 예사였고, 어느 간 큰 나무꾼은 날개옷을 도둑질하여 선녀를 유인해 납치, 감금하고 아이 셋을 낳아야 날개옷을 돌려주겠다고 협박해서 겨우겨우 도망쳐 나온 선녀도 있었다. 여러 사건에도 천계에서 목욕탕을 만들어 주지 않자, 선녀들의 서러움이 폭발했다.

"맘 놓고 씻을 수 있는 새로운 목욕탕이 필요해!"

간절한 마음이 한 수신에게 닿았고 선녀들이 안전하게 몸과 마음을 정화할 '선녀탕'을 만들어 주었다. 그리고 이곳에 날이 갈수록 다양한 존재들이 찾아오면서 지금의 '방울방울 목욕탕'이 된 것이다. 물론 련과 친구들도 이곳의 단골이었다.

'인 씻은 지 오래됐는데.'

련은 슬슬 냄새도 나고 몸이 근질거려 더는 목욕을 미룰 수 없었다. 선녀들이 가장 없을 만한 시간을 골라서 와도 항상 누군가 있었다. 그렇다고 인간 세계의 목욕탕에 가기는 무서웠고, 근처에 요괴들이 이용하는 목욕탕이 한두 군데 더 있지만 역시 안전하지 않았다. 씻기도 힘들고, 친구들도 싫고, 궁궐도 싫고, 그냥 다 싫었다. 쓸모없는 자기 자신까지. 이대로 선녀를 그만두고 사라져 버리고 싶었다.

"실수투성이인 전 선녀답지 않아요. 신을 모시는 자는 완벽해야 하는데."

소녀 선녀의 마음에서 강한 물비린내가 후욱 풍겨 왔다. 욕조 가장자리에 걸터앉아 있던 초목이는 두 주먹을 불끈 쥐고 소리쳤다.

"세상에 완벽한 존재가 어딨어요. 신도 실수하는데 신을 모시는 자도 실수할 수 있죠! 빈틈투성이면 어때요? 그래도 괜찮아요!"

초목이는 자신의 지난날을 뒤돌아봤다.

"선녀님, 퍼런 안색만 봐도 제가 물귀신인 거 아시겠죠? 전 요괴들 사이에서 왕따였어요. 늘 축축하게 젖어 있고 무

능력하다고 무시당하고 조롱받았죠. 미움받고 쓸모없는 나 같은 건 사라져야겠다고 생각했어요."

런은 눈이 동그래졌다. 초목이도 비슷한 생각을 한 적이 있다니. 하지만 지금 초목이의 표정은 자신과 매우 달라서 더 눈이 커졌다.

"하지만 이런 저라도 필요로 하는 곳이 있었어요. 바로 이 목욕탕이에요. 청소나 잡일을 하는데 맨날 넘어지고 깨지고 실수해요. 하지만 다들 괜찮다고 해 줘요. 왜냐면 이런 일은 처음이잖아요! 선녀님도 선녀가 처음이잖아요!"

런은 뒷머리를 쾅 맞은 기분이었다. 한 번도 해 보지 못한 생각이었다.

"아기는 수백 번 넘어져야 걸을 수 있어요. 빨리 걷는 아기가 있으면, 천천히 걷는 아기도 있죠. 누가 맞고 틀린 게 아니잖아요? 선녀님은 친구들한테 뒤처진 게 아니에요. 우리는 남들보다 조금 천천히 가고 있는 거라고요."

런은 믿기지 않았다. 뒤처진 게 아니라 천천히 가고 있다니. 그 말이 참 고마우면서도 신선했다. 세상에 자신만큼 쓸모없는 존재는 없다고 생각했는데. 똑같은 생각과 경험을 초목이도 다 겪었다는 사실에 놀랍고 힘이 났다.

"열심히 했는데 누가 몰라주면 서운하죠? 근데 왜 내 노력을 내가 몰라줘요? 내 노력은 누구보다도 내가 먼저 알아주고 칭찬해 줘야죠. 오늘 하루도 잘했다. 고생했다. 넌 최고의 에이스야!"

초목이가 팔을 가슴 앞에 포개어 자신의 어깨를 스스로 도닥거렸다. 련은 쿡, 웃음이 나왔다. 이상하게 초목이를 보면 웃음이 났다. 대체 이 아이는 어떤 아이일까. 저도 모르게 초목이를 따라 스스로의 어깨를 도닥여 보았다.

"남과 비교하지 마세요. 나는 나인걸요. 앞으로는 '선녀라서 안 돼.'보다 '선녀라도 괜찮아. 선녀도 느리고 서툴 수 있어.'라고 생각해 보세요."

"……선녀라도 괜찮아."

무심코 따라 내뱉은 말. 련의 마음이 파도처럼 크게 요동쳤다. 마치 마법의 주문 같았다. 그동안 질척질척 마음에 엉겨 붙었던 먼지 한 조각이 툭 떨어진 기분이었다.

"진짜 이상해요. 누구에게도 속마음을 말한 적이 없었는데……."

"여긴 신비로운 마법이 깃든 치유탕이니까요."

욕조에는 특별한 약초물을 채우고 주문을 걸어 두었다. 마음의 빗장이 스르륵 열리는 마법. 물론 마음의 문을 여는 방법을 모르는 이들을 조금 도와줄 뿐이라, 결국 문을 연 건 스스로였다.

"마음을 치유하려면 속에 곪은 것들을 모두 쏟아 내야 해요. 그게 말이든, 수분이든, 때든. 뭐든지 말이에요. 저희는 고민과 마음의 때도 시원하게 밀어 드립니다!"

"세신은 누가……?"

련의 머리 위에서 새하얀 수증기가 나왔다. 고개를 드니 천장에 달린 태양 모양 샤워기의 작은 구멍에서 나오는 것이었다.

"저 말고 특별한 세신사님이 해 주세요. 저기 오시네요!"

초목이가 두 손으로 공손하게 위쪽을 가리켰다. 샤워기에서 수증기와 물방울이 쏟아져 나와 공중에서 원을 그리며 구불대다 바닥에 닿아서는 거대한 물기둥이 되었다.

샤아아아, 귓가를 속삭이는 듯한 신비로운 물소리와 함께 물의 한 겹이 벗겨지며 수신이 나타났다. 투명한 몸속에선 하얀 물결이 졸졸 흐르며 찬란하게 빛나고, 옆머리에 꽂힌 새하얀 도라지꽃이 청초함을 더했다. 초승달 모양으로 웃는 눈은 정겹고 친근해 보였다.

"안녕하십니까. 이 목욕탕의 주인 수신이옵니다."

'와아, 언제 봐도 아름다워.'

련은 잠시 넋을 놓고 감탄했다. 천계에서 많은 신을 보았지만 수신처럼 한눈에 반할 정도로 아름답고 환상적인 존재는 흔치 않았다. 나긋나긋한 목소리만 들어도 치유받는 느낌이었다.

련은 미끄러지듯 다가오는 수신을 신기하게 쳐다봤다. 가까이에서 본 투명한 몸속은 물결이 일정한 방향으로 움직이며 차라랑 하고 달콤한 물소리를 냈다. 꼭 유리구슬에 파도를 가둬 둔 예술 작품 같았다.

"초목양, 선녀님의 마음 진단은 하였는지요?"

초목이는 고개를 끄덕였다. 선녀 손님들에게는 흔치 않은 증상이었지만, 업무 일지에서 분명히 봤다! 다른 요괴 손님에게 나타난 비슷한 증상이라 자신 있게 말했다.

"네! 연꽃탕이 좋을 듯합니다."

수신은 고개를 끄덕이며 소녀 선녀를 바라봤다.

"손님, 잠시 탕에 손을 넣어도 괜찮겠사옵니까?"

"아, 네네."

련은 심장이 콩닥콩닥 뛰었다. 직감적으로 일았다. 저 맑고 투명한 손이 물에 닿으면 뭔가 특별하고 놀라운 일이 벌어질 거란 걸.

"물방울의 정령이여, 깨어나십시오."

톡, 톡, 톡톡, 톡톡톡톡톡.

수신의 목소리에 물방울들이 생명을 부여받은 듯 기지개를 켜며 일어섰다. 쌀알 크기의 물방울에 까만 눈과 입, 주먹 쥔 것 같은 동그란 손이 생겼다.

"이분들은 목욕탕의 또 다른 주인인 '방울님'이옵니다."

방울님은 엇박자로 통통 뛰기 시작했다.

"방울방울 방울방울 방우르르~."

귀여운 아기 목소리로 신나게 노래하며 리듬에 맞춰 춤
을 췄다. 런은 자신의 어깨와 팔에서 재롱을 부리는 방울
님들이 귀엽고 간지러워서 웃음이 절로 났다.

그때였다. 뾰옹, 뾰옹 소리가 연달아 나며
욕조에 하나둘 연꽃이 생겨났다. 그것
은 런의 몸에서 나온 것이었다. 기
분이 이상해졌다. 늘 마음 한
편에 짐처럼 무겁게 자리
하던 뭔가가 함께 쑤욱
빠져나간 기분이었
다. 내체 이 감정은
뭘까.

어느새 욕조 가득 초록 잎과 분홍 꽃잎이 채워졌다. 련은 놀라며 연꽃 하나를 손바닥으로 들어 올렸다. 물방울이 알알이 모여 만들어진 꽃이었다. 노란 수술이 작은 조명처럼 반짝 빛을 발했다.

"연꽃은 흙탕물에서 핀다'라는 말이 있지요. 이 연꽃탕은 선녀님 몸과 마음속의 먼지를 빨아들이고 정화할 것이옵니다."

연꽃이 수면 위에서 빛을 내며 하나둘 퐁, 터졌다. 불꽃놀이처럼 참 예뻤다.

"열등감, 자격지심, 낮은 자존감, 완벽주의, 비교하는 마음. 모두 목욕탕에 흘려 버리고 훌훌 날아가십시오."

련은 그제야 욕조를 가득 채운 연꽃 불빛들이 자신의 못난 마음이라는 걸 알게 됐다. 연꽃이 너무너무 많아 부끄러움에 얼굴이 뜨거워졌지만, 한편으로는 후련했다. 작은 먼지처럼 초라하게 느껴지던 과거의 기억들이 몸 밖으로 떨어져 나가니 아주 먼 옛날처럼 느껴졌다. 거짓말처럼 고민들이 싹 사라졌다. 비워 낸 자리에 초목이와 나누었던 대화들이 새록새록 채워져 갔다.

"실수해도 괜찮아. 선녀라도 괜찮아. 왜 이 간단한 말을 저 혼자서는 생각하지 못한 걸까요? 바보인가 봐요."

소녀 선녀가 시무룩해지기 전에 초목이가 나섰다.

"선녀님 탓이 아니에요. 물속을 매일 들여다봐도 안에 뭐가 있는지 잘 보이지 않잖아요. 마음도 똑같아요. 내 마음을 매일 들여다보고 오랫동안 기다리다 보면 언젠가는 반드시 원하는 답을 얻을 테니 포기하지 마세요. 물론 이 말은 수신님께 들었어요. 저도 치유탕 손님이었거든요."

초목이가 수신을 따라 여기 와서 가장 먼저 한 일은 목욕이었다. 그때 자신이 듣고 치유받았던 말로 또 다른 누군가를 치유할 수 있다는 사실이 무척 신비로웠다.

돌연 련은 뭔가를 결심한 표정으로 수신을 바라봤다.

"혹시 제 친구들 천계로 돌아갔나요?"

"아니요. 아직 선녀탕에 계시옵니다. 목욕은 여럿이 함께 해야 제맛이지요."

련은 말뜻을 알아듣고 벌떡 일어섰다. 스스로도 놀랐다.

이토록 강렬하게 친구 곁으로 뛰어가고 싶은 감정은 오랜만이었다.

"친구들한테 갈래요! 오늘 감사했습니다!"

련은 첨벙첨벙 걸어 욕조 밖으로 발을 내밀었다. 미소가 꽃처럼 활짝 피었고, 발걸음은 신이 났다. 련의 못난 마음을 담은 마지막 연꽃이 발뒤꿈치에서 빠져나와 욕조 속으로 퐁당, 빠졌다.

선녀님의 꾸준한 노력 한 방울. 치유탕 요금 확인 완료!

'이제 마음속에 평온한 물소리가 들려.'

손을 흔들며 밖으로 나가는 련을 보며 초목이는 텅 빈 바나나 우유통을 집어 들었다. 이 순간이 참 좋았다. 무거웠던 마음이 가벼워져 홀가분한 손님의 뒷모습을 보는 일.

'언제까지고 지금 마음 그대로 살아가셨으면.'

"이번에도 마음 진단을 아주 잘하였습니다."

수신은 흐뭇한 눈웃음을 지으며 초목이의 꼬불꼬불한 머리를 쓰다듬었다. 처음 이곳에 왔을 때만 해도 잔뜩 주눅이 들어 구석에 숨기 바빴는데. 어느새 경험과 능력을 십분 발휘하는 초목이가 참으로 기특하고 어여뺐다.

초목이는 볼이 발그레해졌다. 눈에 번쩍 불을 켜며 수신을 와락 꺼안았다.

"와아, 또 칭찬받았다! 더 열심히 할게요, 수신님!"

"이미 충분하옵니다. 대충 하십시오."

초목이는 히히 웃으며, 욕조를 닦으려고 청소 솔을 집어 들었다.

'이 목욕탕의 에이스는 나야. 내가 에이스인지 아무도 모르면 어때. 내가 날 인정하는걸! 초목아, 다시 일하자!'

치유탕 업무 일지

요괴력 13월 13일 새벽   담당자 : 초목

고객 정보			
이름	련	나이	1231세
증상	마음에서 오래 고인 물비린내가 남		
마음 진단	자존감이 낮아져 작은 먼지가 된 기분		
처방	연꽃탕		
효능	몸과 마음에 쌓인 먼지가 연꽃으로 나와 정화됨		
손님 만족도	☆☆☆☆☆		

치유탕 점검표 (양호:O, 불량:X)	
탕 온도	O
위생 및 청소 상태	O
세신 침대 정리	O
목욕 용품 보충	O
방울 요금 확인	O

련 선녀님은 이제 친구들과 매주 같이 오신다. 요새는 실수가 줄고 자신감도 뿜뿜이라며 자랑하셨다. 오늘은 바나나 우유에 대한 답례로 천계 복숭아 주스를 선물로 주셨는데 꿀맛이다. 선녀님 최고!

세 번째 손님_핵노답 엄마
잃어버린 꿈을 위한 안개탕

"초목 양! 초목 양! 여기 빨리, 빨리!"

산발을 한 귀신 아줌마가 느닷없이 초목이의 손목을 낚아챘다. 가슴이 쿵쿵 뛰었다. 나를 만지다니. 바깥세상이었다면 상상도 못 했을 일이었다. 설레서 온 세상에 핑크빛 꽃잎이 날아다니는 착각이 들었다. 활짝 웃으며 답했다.

"네! 무엇을 도와 드릴까요!"

초목이는 귀신 아줌마가 이끄는 대로 서쪽 중앙에 있는 불가마에 도착했다.

입구에 여러 요괴가 모여 웅성거렸다. 초목이는 뭐가 문제인지 단박에 알았다. 열린 문으로 후끈후끈한 열기가 기관차 연기처럼 마구 쏟아져 나오고 있었으니까. 초목이는 벌써 땀이 주룩 났다.

"온도 조금만 올려 달랬더니, 글쎄 지옥 불구덩이로 만들어 놨지 뭐야. 쯧쯧."

초목이 같은 물귀신은 불과 열기에 약했다. 위험하지만 어쩌겠는가. 제 목숨보다 목욕탕 평판이 떨어지는 게 더 싫었다. 만약 손님이 오지 않으면? 목욕탕이 망해서 사라지면? 안 돼! 지옥처럼 끔찍했던 바깥 생활을 다신 하고 싶지 않았다.

"제가 해결할게요! 조금만 기다려 주세요!"

초목이는 머뭇대다 마른침을 꿀꺽 삼키며 불가마 안으로 성큼 들어갔다. 악, 절로 비명이 나왔다. 뜨거운 아지랑이가 엉덩이를 흔들며 춤을 춰 댔다. 머리가 어질어질하고 숨이 턱턱 막혔다. 눈을 질끈 감고 두 팔을 벌려 정신을 집중했다.

목욕탕에서 찾은 물귀신의 세 번째 능력, 습기 방출!

초목이의 전신에서 쏴아악, 김이 빠지는 소리가 났다. 체내의 수분을 몸 밖으로 내보낸 것이다. 피부로 올라온 물기가 증발하면서 허연 연기가 뭉게뭉게 피어났다. 불가마의 열이 식으면서 온도가 점점 낮아져 갔다. 덩달아 초목이도 힘이 빠져 어깨가 점점 내려갔다.

"아이고, 수증기 엄청나네. 이제 그만해! 온도 딱이야."

할머니 요괴가 손뼉을 짝, 치자 초목이가 눈을 떴다. 머리가 핑 돌았다.

'하아, 생명이 깎이는 기분이야.'

이 기술의 치명적인 단점은 체력 소모가 커서 하루에 한 번밖에 못 한다는 거였다. 비틀대며 밖으로 나오자 다들 고생했다며 응원과 격려를 해 줬다.

"아이고, 고생했다. 초목이 이뻐라."

칭찬 폭탄이 마음에 쏙쏙 들어오자 없던 힘도 불쑥 솟았다. 입꼬리를 샐룩이며 손바닥으로 제 뺨을 감쌌다.

"정말 제가 예뻐요?"

물귀신이니까 젖어 있는 게 당연한데 평생 '음침해', '무서워', '기분 나빠'라는 말을 듣고 살았다. 하지만 목욕탕에서는 홀딱 젖어 있어도 싫어하지 않고 오히려 좋아해 줬다. 예쁘다 소리는 백 번 들어도 늘 새롭고 짜릿하다.

"그럼. 초목이가 온 뒤로 목욕탕 분위기가 얼마나 밝아졌누. 이거 먹고 힘내."

단골인 도깨비 할머니가 식혜를 건넸다. 일하다 보면 이 따금 어르신들이 간식을 나눠 줬다. 일이 아무리 힘들어도 관심과 애정을 받으니 절로 힘이 났다. 아, 행복해.

'여기서 평생 일하고 싶어!'

"감사해서 서비스로 몸속 수분 함량을 봐 드릴게요. 음…… 다들 몸속 수분이 부족해요. 물 두 컵씩 드세요. 아, 도깨비 할머니는 세 컵 드시고요."

손님들은 고마워하며 근처 정수기에서 물을 마시고, 다시 불가마로 몸을 지지러 갔다.

초목이도 식혜를 홀짝이며 체력을 보충했다. 흐뭇한 것도 잠시, 이내 가자미눈으로 변한 초목이가 한 곳을 노려봤다. 마음 같아서는 뛰고 싶지만 다리가 달달 떨려 느실느실 걸어갔다.

"강철 오빠! 불 조절! 너무 뜨거우면 손님들이 불편…… 악!"

매점에 도착하자마자 휙 고꾸라졌다. 힘이 빠져 발목이 꺾인 것이다.

"불가마에 불 지른 건 무죄."

강철이는 의자에 앉아 책을 읽느라 초목이에게 눈길도 안 줬다. 불을 뿜고 가뭄을 일으키는 능력을 가진 강철이는 음식 조리는 물론 불가마도 담당했다.

"왜 열 번도 넘게 오라 가라 해. 귀찮아서 그냥 화끈하게 올렸어."

둘은 물과 기름처럼 참 달랐지만 초목이는 강철이가 좋았다. 맨날 귀찮다고 하면서 지금도 불 조절을 열 번이나 했단다. 마무리가 어설퍼서 그렇지 매사 성실했다.

"귀찮으면 제가 할 테니 불러 주세요. 지금 매점 일 도와 드릴 건 없어요?"

초목이는 카운터에 손바닥을 짚고 상체를 들이밀며 눈을 반짝반짝 빛냈다.

강철이는 눈썹을 삐뚜름하게 찌푸렸다. 초목이가 그다지 마음에 들지 않았다. 서 수습 직원은 뭐가 좋은지 매일 바보처럼 헤실헤실 웃질 않나, 의욕만 앞선 사고뭉치에, 발바닥에는 비누를 발랐는지 맨날 넘어져 서빙하던 식혜를 엎

질 않나, 매대에 각 잡아 진열해 둔 과자를 망가트리질 않
나. 무엇보다 참기 힘든 건, 가만히 있어도 스멀스멀 나오는
습기로 공들여 바삭하게 구운 회오리 감자를 눅눅하게 만
드는 것이었다. 가만히 있는 게 도와주는 거라고 좋게 말할
수도 있지만 엮이고 싶지 않은 마음에 뾰족한 말이 튀어나
왔다.

"얼씬도 하지 마."

호오오, 입 안으로 불을 모았다. 끈질긴 물귀신 아니랄까
봐, 한 번 거절하면 도통 못 알아들었다. 눈치 없게 도와준
다고 물고 늘어지는 선수라 말보단 불길 한 방이 최고였다.

"맞다, 샴푸 채우다 말았지. 오빠, 필요한 일 있으면 언제
든 말하세요!"

초목이는 딴청을 피우며 발등에 불이 붙은 듯 재빨리 도
망쳤다. 강철이는 고개를 좌우로 저으며 한숨을 푹 쉬었다.

초목이는 허둥지둥 일반탕 세신 침대가 있는 곳으로 갔
다. 그곳에는 손님의 때를 슥슥 밀고 있는 세신사가 있었다.
초목이보다 한 뼘 반 정도 키가 컸다.

"핑크 언니! 고체 비누, 물비누, 향기 비누. 종류별로 다 채웠어요. 더 필요한 거 있어요?"

핑크는 이름처럼 핑크색을 무척 좋아했다. 양손에는 핫핑크 이태리타월을 꼈고, 엉덩이를 덮는 딸기우유 핑크 우비를 단추로 잠가 입었다. 우비의 모자 끈을 바짝 당겨 눈만 내놓고 얼굴을 꽁꽁 싸맸다. 흑구슬처럼 까맣고 동그란 눈만 겨우 보였다. 젓가락처럼 가늘고 곧게 뻗은 다리도 연핑크색. 발목에는 벚꽃 핑크 구슬 발찌를 하고 발톱에는 인디 핑크 매니큐어를 바른 멋쟁이였다.

핑크가 대답 대신 고개를 절레절레 저었다. 세신이 끝나고 "다음 손님." 부르는 것 외에는 직원을 포함한 누구와도 말을 섞지 않았다. 그리고 얼굴을 가려 도통 어떤 요괴인지 정체를 알 수 없었다. 덕분에 상상력을 자극해 온갖 카더라 소문이 그득했다. 하지만 초목이는 그냥 다리가 예쁘니 단순하게 각선미 요괴라고 생각했다.

'참 아리송한 언니야. 그래도 실력은 짱이야.'

수신은 선녀탕과 치유탕의 세신을 맡고, 일반탕은 핑크

가 담당했다. 일반탕 손님이 몇 배로 많은데도 지치지 않고 때를 시원하게 잘 민다고 '신의 손'이라며 칭찬이 자자했다. 어쩌면 체력 요괴일지도 모른다. 때 되면 정체를 알게 되겠지.

딸랑딸랑딸랑.

꾀꼬리처럼 통통 튀며 빠른 종소리. 초목이는 일반탕을

뛰쳐나가며 반사적으로 소리쳤다.

"어서 오세요! 방울방울 목욕탕입니다!"

초목이는 연못문을 바라보며 조금 놀랐다. 일주일 안에 인간 손님이 두 번 방문한 일은 이때까지 없다고 들었는데 그 기록이 깨졌다. 게다가,

"초목 언니, 도와주세요!"

연못문 위에 서 있는 손님은 이미 아는 얼굴이었다. 똘망똘망한 눈빛에 안경을 낀 단발머리 여자아이. 인간 손님이 재방문한 것도 목욕탕 오픈 이후로 처음이었다.

"예송아? 뒤에 누구?"

2주 전에 온 예송이가 누군가를 데려왔다. 나이가 지긋한 중년 여성이었다.

"우리 엄마요. 완전 답이 없어요."

예송이는 능숙하게 연못문에서 펄쩍 뛰어나와 건조 매트를 세게 밟았다. 바람이 슝, 하고 위로 솟구치며 젖은 운동화와 바지 밑단의 물기를 뽀송하게 말려 주었다.

"당신이에요? 내 딸에게 헛바람 넣은 사람이?"

예송이 엄마가 부들부들 떨면서 노려봤다. 눈빛에 원망과 분노가 그득그득했다. 철썩철썩, 마음속에서 거센 파도 소리가 들려왔다. 초목이는 몸이 딱딱하게 굳었다. 밖에서 지낼 때 늘 보던 눈빛을 목욕탕에서 다시 보게 될 줄 몰랐다. 긴장됐지만 다른 요괴 손님들이 불편해할 수도 있고 인간 손님에게도 위험하니 용기를 냈다.

"제가 사람은 아니지만…… 일단 보는 눈이 많으니 자리부터 옮기실까요?"

"됐고, 책임자 어딨어요? 책임자 나오라고 해요!"

예송이 엄마가 고래고래 소리를 질렀다. 그러자 매점 쪽에서 끼익, 의자를 뒤로 빼는 소리가 났다. 초목이가 고개를 돌리자 화가 난 강철이가 보였다. 이러다 아줌마에게 불이라도 뿜으면 어쩌나. 그때, 얼굴이 새빨개진 예송이가 보다 못해 엄마 소맷자락을 잡아끌며 외쳤다.

"아, 진짜. 동네 창피하게! 일단 가서 기다리자고!"

예송이와 초목이가 엄마 손님을 질질 끌고 치유탕으로 들어갔다. 초목이는 얼른 욕조에 손을 올렸다.

'수신님, 빨리 오세요. 지난번 방문한 예송이가 다시 왔는데, 함께 온 어머님이 불같이 화를 내세요.'

예송이는 한숨을 푹 쉬었다. 엄마를 설득할 수 있는 건 이 세상에 수신님밖에 없었다.

공부벌레, 공부로봇, 샌님, 재미없는 애. 모두 예송이의 별명이었다. 엄마는 예송이가 공부를 잘하는 건 "모두 다 엄마의 노력 덕분이야."라고 했다. 어릴 때는 엄마가 시키는 대로 움직였다. 실력 좋은 선생님을 찾아 그룹 과외든 학원이든 수십 군데를 옮겨 다녔다. 학교, 학원, 또 다른 학원. 엄마가 직접 차로 이동시키는 대로 따라다니다 보니 진짜 로봇이 된 기분이었다.

친구와 잠깐 놀 시간도 없었다. 외출과 쉬는 시간이 없는 자물쇠반 학원을 다녀서 대화할 틈이 전혀 없었다. 그렇다고 학교 친구들과 친한 것도 아니었다. 다섯 개 학원의 숙제가 얼마나 많은지, 학교 쉬는 시간에 코피를 흘리면서 숙제를 하는 친구를 좋아할 아이는 아무도 없었다. 게다가 시험이 없는 공립 초등학교와 달리 사립 초등학교에서는 쪽지 시험, 중간고사, 기말고사까지 준비해야 했다. 죽어라 공부하는데도 배워야 할 양이 점점 늘어나서 머리가 터질 지경이었다. 별명이 로봇이면 뭐 해. 감정이 있는 로봇은 괴롭기만 할 뿐이다.

아, 이건 아닌데 싶은 순간들이 점점 생겨났다. 학원 마치고 9시에 편의점 삼각김밥으로 대충 때우고 엄마 차를 타고 또 다른 학원에 간다. 밤 12시, 집에 들어오면 숙제를 하고 2시에 잔다. 5시간 자고 7시에 눈떠서 8시 등교 준비를 한다. 놀지도 못하고, 맛있는 것도 못 먹고, 잠도 못 자고.

'이렇게 사는 게 맞나?'

5학년의 삶은 원래 이런 걸까. 머릿속이 온통 의문투성이였다. 참고 참고 또 참다가 어느 날 공부가 힘들다고 슬쩍 말했더니 엄마가 울고불고하며 난리가 났다.

"공부가 뭐가 힘들어. 그냥 앉아서 외우기만 하면 되는데. 너 학원비 내려고 아빠가 뼈 빠져라 일하고, 엄마도 오전에 아르바이트하는 거 몰라? 있는 돈 없는 돈 쪼개 공부시켜

췄더니 엄마 아빠 고생도 몰라주고 너무 섭섭해. 흐어엉."

예송이는 몹시 당황했다. 힘들어서 위로받고 싶은 건 자신이었는데. 눈물을 펑펑 쏟는 엄마를 보니 미안하다는 말밖에 할 말이 없었다. 마음은 돌을 올린 듯 무거워졌다. 이 사건 이후로 힘들어도 힘들다 말할 수 없었다. 그냥 사라지고 싶었다.

그러던 어느 날. 편의점에서 삼각김밥을 먹고 있을 때 이름은 기억 안 나는 같은 반 여자애가 들어왔다. 인사하기 좀 그래서 예송이는 얼굴을 머리카락으로 반쯤 가리고 숨었다.

"엄마, 오늘 영화 진짜 재밌었지. 아빠, 아이스크림 이거 먹어. 엄청 맛있어."

학교를 마치고 가족끼리 영화도 보고 간식도 같이 고르는 모습이 부러웠다. 그 애가 부모님과 손을 잡고 지나치는데 예송이는 뭔가 그림자가 된 듯한 기분에 가슴이 먹먹해졌다.

'가족이랑 마지막으로 여행 간 게 언제였더라. 마지막 외

식은? 언제 손을 잡아 봤지?'

원래도 없던 입맛이 더 떨어졌다. 반도 안 먹은 삼각김밥을 그대로 쓰레기통에 버렸다. 편의점 밖에 서 있는 엄마 차를 보자 가슴이 꽉 조여 왔다. 저걸 타면 다른 학원에 간다. 그다음엔 새벽까지 숙제를 하고, 잠도 조금밖에 못 자고. 숨이 더욱더 막혔다. 마치 자물쇠로 잠긴 어항 속에 갇힌 것처럼 숨을 쉴 수 없었다.

예송이는 뒷걸음치며 편의점 후문으로 도망쳤다. 이유는 모르겠지만 무작정 밖을 달렸다. 숨을 쉬고 싶었다. 지금 기분을 도저히 말로 표현할 수 없었다. 영어 단어, 수학 공식을 많이 배우고 외웠지만, 자신의 감정을 표현하는 방법은 배우지 못했기 때문이었다.

눈물이 났다. 흐르는 눈물을 닦지도 않고 입을 앙다물고 뛰었다. 어디로 가야 할지 알 수 없었지만, 학원이 아닌 어디든 가고 싶었다. 숨을 크게 쉬었다. 살고 싶었다. 뛰고 또 뛰다가 물웅덩이를 밟고 미끄러져 넘어졌다.

철퍼덕.

축축한 물 위에 엎드려 있는데 낭랑한 목소리가 귓가에 울렸다.

"어서 오세요! 방울방울 목욕탕입니다!"

고개를 드니 퍼런 얼굴의 초목이가 놀란 얼굴로 뛰어왔다. 작은 연못 위에 엎어져 있는 예송이를 부축해 치유탕으로 데리고 갔다. 욕조 안에 들어가니 수신님과 방울님이 나타났다. 처음 보는 존재들이었지만 평소에 공포 만화를 좋아해서 놀랍거나 무섭지 않았다. 진짜 무서운 건 숙제 안 했거나 문제를 많이 틀렸을 때 혼내는 선생님들이었으니까.

"방울방울 방울방울 방우르르~."

꼬마 물방울의 귀여운 노랫소리와 함께 오색찬란한 거품이 탕을 가득 메웠다. 뽀글뽀글뽀글. 거품들은 예송이의 몸과 머리에 붙어 요리조리 춤을 춰 댔다. 예송이는 신기한 눈으로 바라봤다.

"와, 거품 속에 영어 단어가 있어. 저기엔 수학 공식."

예송이의 골치 아픈 걱정과 고민, 답답한 마음이 크고 작은 거품 방울에 담겼다. 거품이 모두 녹아 욕조에서 사라

지자 공부로 가득 찼던 머리가 도화지처럼 새하얘졌다. 처음으로 머리가 맑고 투명해진 기분이었다. 아무 생각 안 하는 게 이렇게 좋은 일이었다니. 너무너무 기분 좋고 행복했다. 이제야 숨을 쉴 수 있을 것만 같았다.

"스트레스 받을 때 푸는 방법 있어?"

초목이의 질문에 예송이는 고개를 저었다. 그저 참고 또 참을 뿐이었다.

"역시. 그러면 병나. 스트레스 받으면 천천히 심호흡을 하고 좋은 생각을 떠올리면서 마음을 다스리는 거…… 다 필요 없고! 그냥 매운 거 먹어! 아니면 우리 목욕탕에 또 와!"

초목이가 개구쟁이처럼 방실거리자, 예송이도 방긋 웃었다. 신기했다. 초목이를 처음 봤지만 오래 알던 언니처럼 친근하게 느껴졌고, 같이 있으니 밝음이 전염되는 기분이었다. 또 목욕탕에서 씻기만 했을 뿐인데 몸과 마음이 싹 달라져 다른 사람이 된 듯했다.

"저 결심했어요."

초목이와 수신, 방울님이 예송이를 바라봤다.

"저 학원 싹 다 그만둘 거예요. 공부 억지로 하는 거 이제 안 참아요. 학원만 그만두면 엄마도 맨날 돈 없다는 소리 안 할 거고요."

예송이는 전에 없던 용기가 불끈 생겼다. 이게 다 치유탕의 따뜻한 온기가 마음속 깊이 들어왔기 때문이라고 생각했다.

그렇게 며칠 동안 매일 엄마를 설득했다. 학원 여러 개 다니는 게 힘드니 그만두고 집에서 EBS 강의 듣고 문제집 풀면서 공부하고 싶다고. 그랬더니 엄마는 가슴을 쳐 대며 울었다.

"어떻게 그런 말을 해. 없는 형편에 학원 보내며 내가 너를 어떻게 키웠는데……."

예송이는 다시 숨이 콱 막히는 기분이 들었다.

"내가 공부를 아예 그만두겠대? 혼자 해도 잘할 수 있으니까 말하는 거잖아. 그리고 맨날 돈 없다며. 학원 그만두면 돈 생기잖아?"

"혼자서 공부를 어떻게 해! 남들 다 공부해서 좋은 대학 가고 대단한 사람 될 때, 너 혼자 대학 다 떨어지고 그저 그런 사람 될 거야?"

"왜 그래. 나 아직 5학년이야!"

예송이는 처음으로 소리를 버럭 질렀다.

"5학년도 요새 늦어! 1학년 때부터 서울대 의대반 공부했어야 하는데!"

예송이는 어이가 없었다. 대체 어디서부터 잘못된 걸까. 엄마와의 대화는 만날 수 없는 평행선처럼 끝없이 이어졌다. 아빠에게 엄마를 설득해 달라고 부탁했지만, 아빠도 엄마 편이었다. 괜히 말 안 듣고 엄마 속상하게 한다고 혼까지 났다.

이제 도저히 혼자 힘으로 버틸 수 없었다. 마음이 너무 답답하고 힘들 때 떠오른 곳은 방울방울 목욕탕이었다.

"수신님 도와주세요. 우리 엄마 핵노답이에요."

예송이가 한숨을 쉬며 고개를 절레절레 저었다. 수신이 예송이의 말을 이해하지 못해 어리둥절해하자 초목이가 해

석해 줬다.

"핵노답. 엄청나게 답이 없어 어찌할지 모르겠다는 뜻입니다."

수신은 고개를 끄덕였고, 예송이가 옆에서 맞다고 손뼉을 짝짝 치고, 예송 엄마는 예송이를 노려봤다.

"오~ 언니. 우리 또래 유행어 어떻게 알아요?"

"단골인 꼬마 불여우가 알려 줬어. 가끔 인간으로 변장하고 학교 가서 놀고 왔다고 자랑하거든."

예송 엄마는 수신을 보며 덜덜 떨었다. 코와 입도 없고 몸이 투명한 걸 보니 귀신이 틀림없었다. 무서워서 눈물이 줄줄 났다.

"가, 감히 공부가 전부였던 내 딸 인생을 망치려 하다니. 사악한 귀신아 물러가라!"

예송이 엄마는 흐느끼며 수신을 째려봤다. 예송이는 허탈한 눈으로 엄마를 바라봤다. 엄마는 항상 눈물을 무기로 삼는다. 상대의 마음에 죄책감을 심어 주어 자신의 뜻을 따르게 만든다. 예송이에게, 아빠에게 쓰던 방법을 지금은 수신에게 쓰려고 했다.

"눈물은 그만 거두십시오."

수신이 푸르고 기다란 손끝을 예송이 엄마에게 뻗었다.
이내 엄마의 눈가에 흐른 물방울을 손으로 죽 잡아당겼
다. 예송이가 신기해서 손으로 안경을 올려 유심히
살폈다.

"와. 눈물이 엿가락처럼 뽑혀 나오네."

"에, 에구머니나."

예송이 엄마가 무서워서 엉덩방아를 찧었다. 하지만 더는 눈물이 나오지 않았다. 뺨을 만지며 이게 어떻게 된 일인지 얼떨떨해했다.

"아주 조금만 뽑았사옵니다. 일주일 뒤에 원래대로 돌아올 것이랍니다."

예송이는 기뻤다. 당분간 엄마의 눈물 공격은 안녕.

"수신님, 오늘도 욕조에 들어가죠? 이번엔 어떤 목욕을 하나요?"

예송이는 지난번에 받은 거품탕이 너무 좋았다. 엄마도 목욕을 하고 제발 달라졌으면 하고 빌었다. 싫다는 엄마를 억지로 욕조 안으로 끌고 들어가 같이 앉았다. 두려워서 비에 젖은 생쥐 같은 표정을 짓고 있는 엄마를 보고 예송이는 몰래 큭 웃었다.

"초목 양, 마음 진단은 하였는지요?"

흐음. 초목이는 손으로 턱 끝을 짚고 머리를 굴렸다. 업무 일지에서 비슷한 사연이 있었나 떠올려 보려 했지만 영 갈

피를 잡지 못했다. 두 가지 방법으로 좁혀지긴 했지만 자신 감이 좀 없었다.

"음. 좀 어렵긴 하지만, 이번에는 어머니 손님에 맞춰 안개 탕이 좋을 듯합니다."

딴게 나을 뻔했나. 초목이는 제대로 한 건지 걱정했지만, 수신이 가만히 고개를 끄덕여서 안심됐다. 아니면 아니라고 짚어 주고, 이보다 더 좋은 방법이 있으면 알려 주곤 했기 때문이다.

"안개 유리병을 가져와 주시겠습니까?"

초목이는 기쁜 얼굴로 유리 진열장으로 갔다. 예송이와 엄마 손님에게도 도움이 되길 바라며. 풀잎에서 채취한 새 벽이슬을 머금은 유리병을 가져와 건넸다. 수신이 유리병 뚜껑을 따자 뿅, 소리가 났다. 하얀 안개를 욕조에 천천히 풀었다. 안개가 수면에 닿자 쇄아악, 소리를 내며 구름처럼 뭉게뭉게 피어나기 시작했다.

"와, 시원해."

예송이는 눈꽃빙수처럼 뺨에 닿아 사르르 녹는 안개가

마음에 들었다. 뿌얀 안개가 덮인 치유탕 안은 온통 하얀 세상으로 변했다. 초목이도 수신도 보이지 않았다. 코앞에 있는 엄마도 반쯤 흐릿하게 보일 정도였다. 예송 엄마는 딸의 손을 잡고 덜덜 떨었다.

"이, 이게 다 무슨 일이야."

예송 엄마는 모두 꿈이라 생각했다. 얼른 깨고 싶은 악몽 말이다.

슈우우, 신비로운 소리와 함께 욕조에서 뭔가가 불쑥 고개를 들었다. 새하얀 안개로 만든 투명한 여자아이는 예송이와 또래 정도로 보였다.

"선진아."

안개 아이가 이름을 불렀다. 예송 엄마는 깜짝 놀랐다. 자신의 이름을 오랜만에 들었기 때문이다. 예송이가 태어난 이후로 남편, 양가 어른, 선생님, 동네 아줌마들에게 선진은 '예송 엄마'로만 불렸다. 이름이 없어지는 건 다른 엄마들에게도 흔한 일이었다.

"누, 누구야. 내 이름을 어떻게……."

안개 아이가 선진과 예송이 코앞까지 바짝 다가왔다. 예송이와 닮았지만, 가만 보니 선진의 어린 시절과 똑같았다. 아이는 눈을 똘망똘망하게 뜨고 선진을 바라봤다.

"나는 너야. 넌 어떤 어른이 되었어?"

선진은 몸이 뻣뻣하게 굳었다. 자신의 어린 시절 얼굴과 목소리에 놀라서가 아니었다. 과거 자신의 질문에 대답할 말이 없었기 때문이었다.

'내가 어떤 어른이더라.'

선진은 잠시 옛 생각에 잠겼다. 지금 예송이 나이만 할 때, 참 꿈 많은 아이였다. 그림을 좋아해서 미술 선생님, 화가, 미술관 큐레이터, 애니메이션 원화가, 디자이너 등등, 되고 싶은 게 많았다. 그런데 어쩌다 그 꿈을 버리게 됐더라.

'맞아. 공부를 못해서였어.'

선진은 좋은 미술 대학에 가고 싶었다. 어릴 때 성적이 나쁘지 않았지만, 학교 내신과 미술 실기를 동시에 준비하는 건 꽤나 벅찼다. 그렇게 간절히 가고 싶던 대학에 모두 떨어졌다. 2년을 재수하고 지방의 미술대를 갔다. 졸업 후에

는 생각보다 재능이 부족해서 그림을 포기했고, 미술 쪽 취업도 잘되지 않았다. 잠깐 아르바이트하던 백화점에서 상사인 남편을 만나 결혼하고 예송이를 낳았다.

'공부를 못해서 대단한 사람이 되지 못했어. 공부를 못해서 돈에 쪼들리며 맞벌이하고. 이게 다 공부를 못해서야!'

자신은 그저 그런 사람이었지만 예송이는 달랐다. 공부를 잘하는 딸을 보며 희망을 느꼈고, 자신처럼 되지 않길 바랐다. 비록 자신은 못 먹고, 못 입고, 하고 싶은 걸 못 해도 딸의 미래를 위해 뭐든지 다 참고 견딜 수 있었다.

"난 예송이를 위해 뭐든지 하는 엄마가 됐어. 예송이를 대단한 사람으로 만들려고 최선을 다하고 있어."

선진은 과거의 자기 자신에게 당당하게 말했다. 하지만 안개 아이는 고개를 갸웃했다.

"그래서 예송이가 행복하대?"

선진은 입을 다물었다. 최근 공부 때문에 힘들다며 예송이와 여러 번 싸웠다. 하지만 애써 모르는 척하며 행복하다고 말하려던 순간,

"아니야. 난 안 행복해."

예송이가 먼저 대답했다. 선진은 뺨이 뜨거워지는 게 느껴졌다. 이때까지 공들였던 노력을 딸이 몰라주니 서러움이 몰려왔다.

"뭐? 안 행복해? 다 너 잘되라고, 대단한 사람 만들려고 엄마 아빠가……."

"아니. 나 대단한 사람 안 할래. 행복한 사람 할래. 엄마 아빠랑 놀이공원도 가고 영화도 보고 미술관도 가고 맛있는 것도 먹고 여행도 가고 싶어."

선진은 말문이 턱 막혔다. 예송이가 말한 것들을 언제 마지막으로 해 봤더라. 작년? 재작년? 아니다. 영어 유치원 가기 전이었다.

"선진아, 너는 행복해?"

안개 아이의 말에 선진의 심장이 쿵, 하고 떨어졌다. 자신의 행복. 전혀 생각해 보지 못한 단어였다. 그동안 선진의 모든 시간은 예송이 중심으로 돌아갔다. 학원 시간, 수업 진도, 다른 학원 선생님은 어떤지, 숙제 난이도는 어떤지,

성적은 잘 오르고 있는지. 오로지 예송이의 성적에 관한 것으로만 머릿속이 가득했다.

"선진아, 지금 너의 꿈은 뭐야?"

꿈. 그런 거 없었다. 미술을 다시 하기에는 너무 늦었고, 애초에 재능도 부족했다. 좋아하는 일로는 먹고살 수가 없었다. 예송이의 학원비를 벌려면 남편의 월급만으로도 부족해 마트에서 아르바이트라도 해야 했다. 꿈은 아무나 꿀 수 없어.

"아니야, 지금도 꿈꿀 수 있어."

선진은 가만히 눈을 깜빡였다. 도저히 믿기지 않는 말이었다. 아무 말도 할 수 없어 가만히 있자 안개 아이가 빤히 바라보며 입을 열었다.

"선진아, 놀이공원 열 번 가 봤어?"

"초콜릿 백 개 먹어 봤어?"

"핸드폰이랑 노트북 다 가지고 있어?"

선진은 모두 고개를 끄덕였다. 남들 다 하는 평범한 일을 왜 묻나 싶었다.

"우와, 내가 못 해 본 걸 넌 다 해 봤네! 어른 선진이는 대단하네!"

선진은 두 눈이 번쩍 뜨였다. 마음 깊숙한 곳에서 뭔가 울컥하는 기분과 함께 눈가가 뜨거워졌다. 하지만 아까 눈물을 뽑혀서 나오지는 않았다. 단 한 번도 자신이 대단하다고 생각해 본 적 없었다. 그저 그런 사람. 아니 오히려 꿈 하나 제대로 이뤄 보지 못한 실패자라고 생각했다.

안개 아이가 다가와 선진의 손을 잡았다. 그리고 비누칠을 해 줬다. 문질문질. 선진은 가만히 몸을 맡겼다. 아이는 안개로 만든 비누로 선진의 손을 씻기고 얼굴을 씻기고 머리를 씻겨 주었다. 기분이 무척 좋았다. 이게 얼마 만일까. 어린 시절 엄마가 씻겨 주던 것처럼 매우 부드럽고 포근한 손길이었다.

쏴아아아, 천장에 달린 샤워기에서 물이 쏟아졌다. 선진을 감쌌던 안개 거품이 샤르륵 녹으며, 몸과 마음 안에 쌓인 나쁜 것들이 모조리 흘러가는 기분이었다. 동시에 치유탕을 새하얗게 감쌌던 안개도 점점 옅어져 갔다. 그 가운데

서 안개 아이가 손을 흔들며 작별 인

사를 했다.

　"난 그림 그릴 때가 제일 행복했어. 내 꿈,

이뤄 줘. 이제라도 너의 인생을 살아, 선진아."

　"자, 잠깐."

　선진은 과거의 자신에게 하고 싶은 말이 있었다.

하지만 안개 아이는 스르륵 공기에 녹아 형체도 남지 않고 사라졌다. 기분이 이상했다. 마치 꿈을 꾼 것처럼 아련하고 서글퍼졌다. 과거의 자신에게 너무나도 미안해졌다. 꿈. 이 나이에 새로운 꿈을 꿀 수 있을까.

"나이는 그저 숫자일 뿐. 뭐든 다 할 수 있사옵니다. 그동안 딸을 위해 고생한 엄마의 삶도 충분했고 대단했사옵니다. 홀로 서고 싶다는 예송이를 더 믿어 주시고, 이제라도 그동안 잊고 지냈던 자신의 꿈도 찾아보십시오."

"누가 그랬는데요, 어른이 꾸지 못할 꿈은 키즈 모델 말곤 없대요. 히힛."

선진은 초목이의 말에 피식 웃음이 났다. 사람을 웃게 만드는 재주가 있는 아이였다. 선진은 누구에게도 받지 못했던 따뜻한 위로에 뭉클해졌다.

그리고 눈앞에 있는 예송이를 봤다. 작은 아기 새처럼 언제까지고 예송이를 자신의 둥지 안에 품어야 한다고 여겼는데 어느새 이리 컸을까. 여러 가지 감정이 몰려왔다. 수신이 눈물을 참 잘 뽑았다는 생각이 들었다. 안 그랬으면 지금 또 눈물로 샤워를 했을 테니 말이다.

"그래, 엄마. 나 혼자 공부 잘할 수 있어. 못 하겠으면 다시 학원 다닐게. 그러니 그동안 나 학원 다 끊고, 대신 엄마 미술 학원 다녀."

"미술 학원?"

선진이 입을 쩍 벌렸다. 예송이를 낳은 후 한 번도 뭘 배워 볼 생각을 하지 않았다. 미술은 더더욱 그랬다. 붓을 놓은 지 20년은 넘었다.

"안 돼. 나는 재능이 없는걸."

"아니옵니다. 누구나 재능은 있는데 찾는 방법을 모를 뿐입니다. 아무리 재능이 뛰어난 자도 오래 버티는 자에겐 이기지 못하는 법이옵니다. 한번 포기한 꿈이지만, 이번에는 끝까지 버텨 보십시오."

선진은 몸을 부르르 떨었다. 따뜻한 욕조 안이었지만 수신의 말은 얼음처럼 등줄기를 훑고 지나갔다. 마음속에서 무언가가 울컥울컥 솟아났다. 희망, 용기, 다시 시작하고 싶다는 열망. 그림 그릴 때가 제일 행복했던 안개 아이의 말이 겹쳐서 들렸다.

"네. 저 다시 미술 해 보고 싶어요. 아니, 꼭 할래요!"

선진은 벌떡 일어섰다. 하고 싶다고 말을 입 밖으로 꺼낸 순간 마법처럼 손이 근질근질했다. 마치 기다렸다는 듯 얼른 붓을 쥐고 싶은 강렬한 욕구가 넝쿨처럼 몸을 칭칭 감았다. 예송이도 엄마의 모습을 보며 씨익 웃었다.

"예송 님도 잘하였사옵니다. 혼자 힘으로 해결하지 못하는 일은 오늘처럼 주변 어른에게 도움을 요청하십시오."

수신의 칭찬에 예송이는 집게손가락으로 안경을 슥 올리며 우쭐해했다. 똘똘하고 기특하다는 표정으로 초목이가 물었다.

"예송이는 꿈이 뭐야?"

"잘 모르겠어요. 앞으로 천천히 찾아보려고요."

"응. 앞으로는 행복해질 수 있는 공부를 해. 예송이, 어머님 모두요."

예송이와 선진은 처음 왔던 모습과 다르게 방긋 웃는 얼굴로 연못문 앞에 섰다. 아무리 깨끗이 씻어도 때는 또 쌓

이기 마련이지만, 멋진 세신사가 또 밀면 된다. 초목이가 손을 흔들어 배웅하며 소리쳤다.

"꿈 없이 살기엔 인생은 너무 빛나요. 힘들 때 또 우리 목욕탕 오세요! 마음이 건강해서 안 오는 게 제일 좋고요!"

예송이 엄마의 되살아난 꿈 한 방울. 치유탕 요금 확인 완료!

치유탕 업무 일지

요괴력 13월 23일 오후   담당자 : 초목

고객 정보			
이름	김선진 (예송 엄마)	나이	46세
증상	마음에서 거센 파도 소리가 남		
마음 진단	어린 시절 꿈을 잊고 딸을 위해 과도하게 희생함		
처방	안개탕		
효능	어린 시절의 자신을 마주함		
손님 만족도	☆☆☆☆☆		

치유탕 점검표 (양호:O, 불량: X)	
탕 온도	O
위생 및 청소 상태	O
세신 침대 정리	O
목욕 용품 보충	O
방울 요금 확인	O

7년이 지나 예송이네 욕실 방울님에게 소식을 들었다. 예송이는 그동안 가족과 추억을 많이 쌓았고, 혼자 공부해서 컴퓨터 관련 학과에 합격했단다 선진은 미술 심리 상담사가 되어 마음이 아픈 사람들을 돕고 있단다. 역시 포기만 하지 않으면 꿈은 반드시 이루어진다!

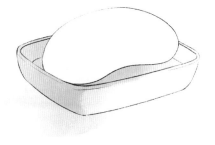

에필로그

늘 평온했던 목욕탕이 오늘은 참 이상한 일투성이였다.

바쁜 새벽에는 핑크의 고함이 일반탕에 쩌렁쩌렁 울렸다.

"다시는 세신사를 무시하지 마세요! 나가세요!"

한 요괴 손님이 핑크를 자극했다. 배운 게 없어 때밀이나 하냐며 비아냥댔다. 참다 참다 결국 폭발한 핑크가 처음으로 세신을 멈추고 크게 화를 내며 손님을 쫓아냈다. 직원 휴게실에서 씩씩대며 분을 삼키고 있자, 초목이는 슬그머니 다가와 초코 우유를 건넸다. 낯가림 심한 핑크랑 제내로 말을 섞어 보지 않았지만 지금은 힘이 되어 주고 싶었다.

"인생이 다 그런 거죠, 뭐. 힘내세요."

핑크는 초코 우유를 마시며 표정이 조금 누그러졌다. 역시 기분 전환에는 단 게 최고다.

"화나. 날 무시하는 건 참아도, 내 직업을 무시하는 건 못 참겠어. 난 이 일이 정말 좋아서 한단 말이야."

초목이는 핑크가 세신에 대한 자부심이 얼마나 큰지 잘
안다.

"알죠, 알죠. 괜히 '신의 손'이라고 불리겠어요? 우리 언니
실력 모르는 요괴가 어딨어요. 우리 목욕탕의 에이스는 언
니예요. 핑크 언니 최고!"

초목이가 양쪽 엄지를 치켜세우자 핑크는 마음을 조금
풀고 미소 지었다.

"고마워."

한가한 아침에는 묘묘가 일반탕에서 공기와 물을 정화
하다 봉변을 당했다.

"나 고양이 알레르기 있는데 이 물에 어떻게 들어가라는
거야. 악! 꼬리가 뱀이야. 이 까만 괭이 새끼 기분 나빠!"

할아버지 요괴가 욕조 안에 있던 묘묘를 보며 욕을 퍼부
었다. 초목이는 2미터 크기의 묘묘가 수염을 바짝 세우고
얼음처럼 굳어 있는 걸 발견하고 얼른 쫓아갔다. 손님에게
늘 친절한 초목이였지만 귀염둥이 묘묘를 함부로 대하는
모습은 참을 수 없었다.

"손님! 묘묘는 묘두사라는 희귀 요괴라서 꼬리가 뱀이에요. 그리고 더러운 물과 공기를 깨끗하게 해서 손님 알레르도 낫게 해 줄 수 있는 착한 고양이라고요! 너무해욧!"

묘묘를 데리고 나오고 싶었지만 2미터 거구는 무리였다. 초목이는 놀란 묘묘의 등을 쓸어 주며 토닥토닥 위로했다.

"괜찮아, 괜찮아. 묘묘야 작아져. 누나가 안아 줄게."

묘묘가 초목이를 물끄러미 바라보더니 몸 크기를 점점 줄였다. 보통 고양이만큼 작아진 묘묘를 초목이가 살포시 안았다. 이렇게 착하고 순한데 얼마나 놀랐을까. 머쓱해하는 늙은 요괴를 한번 노려본 뒤 밖으로 나왔다. 직원 휴게실로 와서 한참을 쓰다듬어 진정시킨 뒤에 묘묘가 좋아하는 가다랑어 캔을 뜯어 줬다. 묘묘는 기분이 좋아졌는지 갸릉갸릉 하더니 찹찹 소리 내며 잘도 먹었다.

"묘묘야, 신경 쓰지 마. 이런 날도 있고 저런 날도 있는 거야. 우리 묘묘 오늘 하루도 정화하느라 진짜 고생했어. 아구, 이뻐라. 우리 목욕탕 에이스는 묘묘야! 묘묘 최고!"

초목이가 엉덩이를 팡팡 두드려 주자 묘묘는 꼬리를 부

르르 떨며 기뻐했다. 생긋 눈웃음도 지어 보여 초목이는 한결 마음이 놓였다.

슬슬 손님이 몰려들기 시작하는 저녁에는 매점이 시끌시끌해졌다.

"이거 왜 바삭바삭하지 않냐고요. 환불해 줘요!"

뽀글뽀글 파마머리 요괴 아줌마가 아이의 손을 잡고 흐물흐물한 회오리 감자를 내밀었다. 강철이는 선반의 먼지를 털며 쳐다보지도 않았다.

"아줌마, 회오리 감자 들고 온탕 들어가면 습기 때문에 당연히 눅눅해지죠."

"그럼 온탕 들어가기 전에 미리 말했어야죠! 환불해 달라고요!"

아줌마의 억지에 초목이도, 휴게실에서 텔레비전을 보고 있던 손님들도 "그건 좀." 하며 고개를 절레절레 흔들었다.

"못 하겠다면요?"

"그럼 주인장 나오라고 해요! 수신 어딨어요! 수신한테 따질 거예요!"

고귀한 수신님이 저딴 몰상식한 아줌마를 만나게 둘 순 없다. 강철이가 험악하게 눈을 치켜뜨자 손님이 움찔했다.

"바삭바삭하게 만들어 드릴게요. 회오리 감자도, 아줌마 도."

강철이 입 안에서 불길이 활활 타오르는 걸 보자 손님이 부들부들 떨었다.

"여, 역시 성질 더러운 강철이. 내 이놈의 목욕탕 두 번 다시 오나 봐라. 오늘 일 요괴 커뮤니티에 올릴 거예요. 두고 보세요!"

"두고 보라는 요괴 중에 무서웠던 적 한 번도 없는데."

강철이는 눈을 부릅뜨고 한마디도 지지 않았다. 손님은 구시렁대며 아이 손을 잡고 목욕탕을 휙 나갔다.

초목이는 별로 걱정되지 않았다. 방울방울 목욕탕은 워낙 평판이 좋아서 단골이 많으니까. 새로 생긴 목욕탕이 두 군데 있긴 하지만 걱정할 건 없었다. 한 곳은 각종 사건 사고로 질이 좋지 않은 온천 목욕탕이고, 다른 한 곳은 최신식 시설의 비싼 호텔 목욕탕으로 선녀 손님을 조금 뺏겼다. 그래도 아직은 수신의 목욕탕이 가장 인기가 많았다.

　가끔 매점에 이렇게 이상한 손님들이 종종 온다. 조리 음식을 거의 다 먹어 놓고 맛없다고 환불해 달라고 하질 않나, 단골이니까 공짜로 달라고 하질 않나. 세상은 넓고 돌아이가 많다는 말이 점점 실감 났다. 초목이는 모두에게 그랬듯 강철이도 위로하려 했지만,

　"오빠, 매점 일 힘들죠? 오늘도 정말 고생……."

　"얼씬도 하지 마."

　씨알도 먹히지 않았다. 되려 강철이의 입가에 회색 연기가 피어올랐다.

　"어, 손님이 부르는 것 같네. 예, 가요!"

　초목이가 능청스레 딴청을 피우며 빙글 돌아 나왔다. 아, 안 통하네. 거절당할 거 알지만 계속해서 물어보는 것도 역시 물귀신의 끈질긴 성격 덕분이겠지. 백 번 중에 한 번은 성공하지 않을까. 그래도 많이 발전했다. 예전에는 말 시키면 대꾸도 안 해 줬는데 요새는 바로바로 답하니까. 다들 이렇게 친해져 가는 거지 뭐, 하하. 제멋대로 긍정적으로 생

각했다.

  슥삭- 슥삭.

  초목이는 하루에도 여러 번 다섯 출입문을 쓸고 닦고 살폈다. 어항문은 반원통 모양으로 천장에 닿을 만큼 높고 수족관처럼 투명해서 마른 손걸레로 안이 잘 보이도록 닦았다. 이 문은 바다와 연결된 곳이라 바다에 사는 손님들이 드나든다. 초목이의 첫 단골손님인 예쁜 인어 공주님도 이곳으로 온다.

  폭포문과 연못문은 손님이 많이 오니 녹조와 이끼가 끼지 않게 바로바로 제거했다. 왼쪽 구석에 있는 우물문은 아주 오래된 돌을 쌓아 만들어 먼지떨이로 툭툭 털어 주기만 했다. 이 문으로는 차원을 이동하는 요괴 손님이 온다던데, 아직 본 적은 없고 수신님만 가끔씩 썼다.

  맨 오른쪽 구석의 접시문은 가까이 다가서기만 해도 긴장됐다. 장난감 집처럼 생긴 작은 사당 모양으로, 기둥에는 파란 밧줄로 결계를 쳐 놓았고 중앙에는 물이 조금 고인 납작한 접시가 있었다. 나쁜 손님이 목욕탕에 오지 못하게 막아 주는 건데, 괜히 실수할까 봐 붉은 지붕만 살짝살짝 닦곤 후다닥 도망쳤다.

번개처럼 바쁜 시간이 지나가니 또 한가한 아침 시간이 돌아왔다. 폭풍이 지나간 뒤에는 고요가 온다더니 오랜만에 손님이 하나도 없었다. 초목이가 청소 도구를 들고 치유탕으로 들어가니 묘묘와 수신이 있었다. 욕조 안에 2미터로 몸을 키운 묘묘가 물을 정화했고, 가장자리에 수신이 걸터앉아 묘묘의 턱 밑을 살살 긁어 주고 있었다. 기분 좋은 갸르릉 소리가 들렸다.

"엇, 수신님 계셨네요?"

보통 수신은 일이 없을 때 어디론가 사라졌다. 대체 어디서 쉬는 건지 모습을 한 번도 본 적 없었지만, 아마도 방울님처럼 목욕탕 물속 어딘가에 있을 듯했다. 아니면 이렇게 묘묘랑 놀아 주는 걸까.

"전 년 전 귀한 물 재료를 구해 왔는데 다들 들어가 보겠사옵니까?"

종종 우물문으로 차원 이동을 하는 수신은 신성한 물

재료를 구하러 잠시 외출을 다녀오곤 했다. 궁금해진 초목이는 손을 번쩍 들었다.

"좋아요! 제가 다들 불러올게요!"

그렇게 치유탕 안에 목욕탕 직원이 모두 모였다. 수신, 초목이, 강철이, 핑크, 묘묘. 욕조에 다섯이 같이 들어간 건 처음이었다. 작은 욕조가 꽉 찬 느낌이었다. 하지만 다들 오랜만에 온수에 몸을 푸니 노곤노곤 편안한 표정을 지었다. 천 년 전 재료가 담긴 물은 화한 물 냄새와 미끈한 느낌이 황홀했다.

"수신님의 특별탕, 정말 최고예요."

초목이는 수면으로 고개를 숙였다. 후, 숨을 뱉자 뽀글뽀글 소리가 났다. 따뜻한 물에 얼굴을 담그니 긴장이 사르륵 녹으며 마음이 평온해졌다. 역시 물귀신은 물속에 있을 때 가장 행복하다. 고개를 드니 핑크가 어라, 하는 표정으로 물었다.

"목뒤에 점이 있어. 나비 모양"

"네. 저도 여기서 일하면서 처음 알게 됐어요."

초목이가 수신을 따라 목욕탕에 처음 와서 목욕 다음으로 한 일은 머리카락 자르기였다. 스스로 허리까지 치렁치렁 긴 머리를 가위로 싹둑 잘랐다. 일할 때 거추장스러울 것 같기도 했고, 새로운 모습으로 다시 태어나고 싶기도 해서였다. 단발머리를 양 갈래로 묶었을 때 손님들이 목뒤에 새끼손톱만 한 점이 있다는 걸 알려 줬다.

속마음이 저절로 튀어나오는 특별한 치유탕이라 그런지, 수신 외에 아무에게도 말하지 않은 옛이야기가 술술 나왔다. 어쩌면 핑계일지도 모른다. 그냥 자신의 이야기를 누군가에게 말하고 싶어서였을지도.

"저는 원래 하천에서 살았어요. 모두가 싫어하는 물귀신이었죠."

초목이의 최초 기억은 푸른 물속에 홀로 둥둥 떠 있는 모습이었다.

처음부터 물귀신이었는지, 원래 인간이었다 죽어서 물귀신이 된 건지 아무런 기억이 없었다. 작은 하천은 엄마의 배 속처럼 따스했다. 본인의 이름도 모르던 물귀신은 물결에 몸을 맡긴 채 미역처럼 한들한들 흔들리며 시간을 보냈다. 수면 위로 하늘이 어두웠다 밝았다 하며 밤낮이 변하고, 비도 오고 눈도 내리고 바람도 부는 걸 지켜봤다. 몇 년, 몇십 년인지 모를 시간이 하염없이 흘러갔다.

외로웠다. 때때로 아이들이 하천에 발을 담그면 물귀신의 본능대로 저도 모르게 발목을 잡았다. 나쁜 의도는 없었다. 그저 춥고 외로워서, 미미한 온기가 그리워서일 뿐이었다.

하지만 인간들의 반응은 달랐다. 물귀신이 자꾸 나와 아이들을 죽이려 한다며 무당을 불러 굿을 여러 번 하더니 몇 년 뒤에는 아예 작은 하천을 흙으로 메워 버렸다. 한순간에 평생 머물던 집이 사라졌다.

긴 머리를 늘어트린 채 한없이 울었다. 흘린 게 빗물인지 땀인지 눈물인지 모를 정도였다. 물귀신은 물속에서만 살 수 있었다. 불행 중 다행으로 그날은 비가 왔고 정처 없이 걸었다. 엉엉 울면서 살 곳을 찾아 헤맸다. 도심 한복판을 아무리 걸어도 물귀신이 깃들 하천이 보이지 않았다.

비가 그쳤다. 몸이 마르면 죽게 되니 무작정 물비린내를 쫓아 허둥지둥 들어갔다. 그곳은 하수구였다. 납작 엎드려 있어야 할 만큼 비좁았다. 담배꽁초와 쓰레기로 더럽고 냄새도 나고 온갖 벌레와 쥐의 울음소리로 소름 끼쳤다. 비가 와야 이동할 수 있으니 그곳에서 나가지도 못하고 매일매일 울었다. 지나가던 요괴들이 하수구에 처박힌 물귀신이라며 밤낮없이 조롱했다.

다른 요괴들에게 길을 물을 수 없었다. 바라보기만 해도 돌아오는 말은 젖어 있어 기분 나쁘다, 음침해 보여 짜증 난다, 별 능력도 없는데 왜 사냐, 그냥 죽어라 등, 나쁜 말들 뿐이었다. 무시하려 해도 바늘처럼 가슴에 자꾸만 꽂혀 따끔거리고 힘들었다.

비가 올 때마다 하천을 찾아 걸었다. 빗속 걷기와 하수구에 숨기를 얼마나 반복했을까. 어느 날 물귀신은 주택가 골목에 쓰러졌다. 비가 서서히 잦아들면 햇빛이 비쳐 올 텐데 하수구에 더는 들어가고 싶지 않았다. 지쳤다. 몸보다 마음이 지칠 대로 지쳐 버렸다.

'누군가를 물속으로 끌고 가는 것 외엔 능력도 쓸모도 없어. 한심해. 난 왜 존재하지? 햇빛에 타들어 가 영영 사라져 버렸으면.'

마침내 비가 그치고 구름이 걷히며 햇빛이 쨍쨍 비쳤다. 햇볕에 몸이 파직파직 타들어 가기 시작했다. 물이 마르며 옅은 수증기가 피어올랐다. 주변에 걸어다니는 인간들이 많이 있었지만 아무도 바닥에 쓰러져 죽어 가는 물귀신을 보지 못했다. 되려 물귀신의 몸이 타면서 피어오른 수증기 때문에 앞이 안 보인다며 욕을 해 댔다.

'하천에 있을 때도, 죽는 순간에도 한결같이 미움받네. 하지만 이제 다 끝났어.'

수증기가 모락모락 피어나 몸이 가벼워지는 느낌이 났다. 이게 죽는다는 걸까. 완전한 수증기로 변하면 자신은 어디로 가는 걸까. 죽음을 기다리는 동안 눈앞이 캄캄해지는데 어디선가 물방울처럼 맑고 투명한 목소리가 들려왔다.

"세상에 쓸모없는 존재는 없사옵니다. 우리 목욕탕으로 가지 않으시겠어요?"

하천에 있을 때도, 죽는 순간에도

웬 수증기야?

한결같이 미움받네.

하지만 이제 다 끝났어.

세상에 쓸모없는 존재는 없사옵니다.

우리 목욕탕으로 가지 않으시겠어요?

싸아아아

시이이

물귀신이 힘겹게 눈을 떴다. 고개를 들 힘조차 없어 얼굴을 보지 못했지만, 누군가 쭈그리고 앉아 검은 양산을 들고 있는 걸 알 수 있었다. 샤아아 기분 좋은 물소리가 났다.

"처음으로 수신님이 저의 그늘이 되어 주었어요. 시원하면서 따스했어요. 수신님이 내민 손을 잡고 따라왔더니 여기였죠. 전 이 목욕탕이 참 좋아요."

"너도 참 고생했네."

핑크는 초목이에게 동질감을 느꼈다. 자신도 부모님을 잃고 차별당해 괴롭던 시절이 있었다. 탕 안에 있는 강철이와 묘묘도. 모두 저마다의 아픔을 지니고 수신이 내민 희망의 손길에 이끌려 여기로 모이게 되었다. 아팠던 과거는 가슴에 깊이 박힌 상흔이 되어 쉽게 잊히진 않았지만, 여기서 지내면서 조금씩 아주 조금씩 물에 흘려보내며 치유받고 있었다. 다들 같은 마음일 것이다.

"괜찮아요. 지금은 엄청 행복해요. 제 마음은 물처럼 강하거든요."

흔히들 마음이 돌이나 쇠처럼 단단해지고자 한다. 하지만 한 방울의 물방울도 계속 떨어지면 바위도 쇠도 뚫는다. 물 같은 마음은 부드러움과 강함을 동시에 가지고 있었다. 초목이는 물처럼 강한 마음으로 다른 이들을 돕고 싶었다.

"수신님이 그랬어요. 해 뜨기 전이 가장 어둡다. 힘든 일이 몰려와 포기하고 싶을 때 그 고비만 넘기면 아침 해가 떠오른대요. 그 말은 참말이었어요. 목욕탕에서 물귀신이 얼마나 쓸모 많은지 알아요? 전 여기서 에이스예요!"

초목이가 위풍당당하게 소리치자, 수신이 기특하다는 얼굴로 고개를 끄덕였다.

"초목 양, 지금 행복하옵니까?"

수신의 말에 초목이는 가장 행복한 미소를 지었다.

"네! 목욕탕에서 인생 처음으로 주인공이 됐거든요!"

모두가 싫어하는 물귀신은 늘 왕따나 악역을 맡지만 지금은 달랐다. 목욕탕에 와서 열심히 일하니 사랑을 듬뿍 받았다. 영화 속 엑스트라 같던 인생에서 매일매일 주인공이 된 기분이었다. 죽고 싶었었는데, 사실 죽고 싶지 않았다. 살고 싶었다. 이렇게 멋지고 행복하게 살아 숨 쉬고 싶었다.

"우물물은 풀수록 물맛이 좋아진답니다. 초목 양 솜씨가 갈수록 늘고 있사옵니다."

"에~ 아직 부족해요. 쓸모 있는 직원이 되도록 더 열심히 노력하겠습니다!"

"초목 양, 저는 쓸모 있는 아이가 필요해서 데려온 게 아니옵니다."

수신은 나긋나긋한 말투로 말했지만 초목이는 놀라 정신이 번쩍 들었다.

"지금 이대로 충분하옵니다. 힘을 빼고 진정으로 대충 하십시오. 초목 양은 이미 우리 목욕탕에서 소중한 아이입니다. 그냥 초목 양이라서 필요한 것이옵니다."

초목이는 눈가가 뜨거워지며 울컥했다. 세상 어디에 이렇게 자신이 소중하고 필요하다고 말해 주는 곳이 있을까. 아무 능력 없던 요괴라 쓸모 있는 아이가 되려는 강박이 있었다. 여기가 아니면 갈 곳이 없다며 무리해서 더 노력하고 노력했다. 하지만 지금 이대로 충분하다는 말을 들으니 알게 모르게 쌓였던 마음의 짐이 깃털처럼 확 날아가며 어깨의 힘이 풀리는 듯했다. 그리고 무엇보다 목욕탕이 이제 내 집이라는 믿음이 확고하게 생겼다. 그냥 내가 나여도 좋은 우리 집.

"초목 양, 제가 왜 초목 양에게 마음 진단하는 걸 알려 줬는지 아시옵니까?"

수신은 초목이를 첫날부터 치유탕으로 데려갔다. 마음 진단하는 법과 손님 응대하는 법을 가르쳐 주고, 업무 일지를 볼 수 있게 유리장 비밀번호도 알려 주는 등, 다른 직원들은 모르는 노하우를 하나씩 알려 주었다.

"아니요. 왜요?"

"남을 잘 위로해 줄 수 있는 이는 사실 위로가 필요한 이랍니다. 자신도 그 감정을 다 겪어 봤기에 따뜻한 위로를 할 수 있거든요. 상처받은 자는 좋은 치료사가 되는 법이옵니다."

수신은 초목이가 자신의 뒤를 이어 좋은 치료사가 될 걸 처음부터 알고 있었다. 물의 신이기에 몸속 물의 기억으로 초목이의 정체와 과거를 생생히 알 수 있었다. 하지만 훗날을 위해 잠시 비밀로 해 두기로 했다.

"제가 좋은 치료사가 될 수 있을까요."

초목이는 자신의 인생이 참 아프고 쓰다고 느꼈다. 그래서 그런지 처음 보는 요괴 손님도 소중한 목욕탕 직원들의 마음도 아픈 게 싫었다. 상대가 괜찮길 바라며 들려준 따스한 말들은 사실 스스로 듣고픈 말이기도 했다.

"물론이죠. 하지만 남들의 감정을 살펴보느라 자기 상처는 돌보지 않으면 안 되옵니다. 가장 중요한 건 나 자신이라는 걸 잊지 마십시오."

"네. 하지만 전 진짜 괜찮아요. 이 목욕탕에서 모두 치유받았거든요!"

초목이는 진심으로 행복했다. 자신의 상처가 곪고 문드러졌다면 남에게 따뜻한 말 한마디 할 수 없을 테니까. 남을 치유한다는 건 결국 자신이 받은 치유를 되돌려주는 것이었다. 모두가 행복해지면 세상은 얼마나 따뜻해질까.

"수신님, 하나만 여쭈어봐도 될까요?"

수신은 고개를 천천히 끄덕였다. 몸속에서 샤아아 울리는 소리가 오늘따라 더 따스하고 사랑스러웠다.

"남을 치유하는 일. 대체 왜 하고 계세요?"

수신은 지그시 웃었다. 아주 오래전 강철이한테 들었던 질문을 초목이에게도 들을 줄 몰랐다. 같은 질문이니까 같은 대답을 해야겠지.

"물의 신이니까요. 인간도 짐승도 요괴도 어미의 배 속 물에서 자라지 않사옵니까. 물에서 자란 생명들은 모두 저의 자식이옵니다."

핑크가 손으로 입을 틀어막고 감탄했다. 강철이도 잊었던 답을 다시 듣게 되어 만족스러운 표정을 지었다. 역시 수신의 마음의 크기는 누구도 담을 수 없이 크고 넓었다. 초목이는 기도하듯 두 손을 모으고 신성한 수신을 바라봤다.

"수신님은 꼭 비 같아요. 비는 공평해서 잡초에도 내리고 나무에도 내리고 꽃에도 내리거든요. 따스한 엄마의 마음처럼요."

수신의 초승달처럼 웃는 눈이 더 기분 좋게 휘었다. 수신은 엄마처럼 인자한 손길로 초목이의 머리를 쓰다듬었다.

"초목 양, 다음에는 재료 찾을 때 같이 가겠사옵니까?"

"좋아요! 나간 김에 묘묘 간식 사 올래요! 핑크 언니 때수건도!"

초목이가 신나서 어깨를 들썩이자 물방울이 방울방울 튀었다.

반려동물 전문점에서 신상 츄르도 잔뜩 사 오고, 핑크 언니를 위한 핑크, 노랑, 빨강, 초록 색색의 때수건도 종류별로 사 올 거다. 목욕탕에 온 뒤로 한 번도 바깥세상에 나간 적이 없었다. 예전이라면 바깥에 나가게 될까 봐 벌벌 떨었을 것이다. 하지만 지금은 달랐다. 돌아올 집도 가족도 있으니까.

초목이는 한 달 전만 해도 이름 없던 물귀신이었다. 삶을 놓고 싶을 때 누군가가 내민 투명하고 따뜻한 손을 잡았을 뿐인데 직장과 이름이 생겼다. 초목은 물이 곧 생명인 풀과 나무처럼 필요한 존재가 되라는 의미였다. 그 손을 잡고 따라오길 잘했다. 아무나 들어올 수 없는 특별한 목욕탕으로.

"맞다. 수신님, 치유탕 손님들이 요새 우리 목욕탕 뭐라고 부르는지 아세요?"

"무엇이옵니까?"

그동안 목욕탕에서 참 많은 일을 겪었지만, 가장 기뻤던 순간은 마음을 깨끗이 씻고 돌아가는 손님을 보는 것이었다. 도움이 필요한 손님은 끊임없이 찾아왔고, 앞으로도 찾아올 테지. 그에 딱 맞는 이름이었다.

"방울방울 '치유' 목욕탕이요!"

초목이가 개구쟁이처럼 씨익 웃었다.

"매우 좋은 이름이군요."

"저도 맘에 들어요!"

"나도 뭐."

"묘오!"

"방울!"

모두가 한마음으로 기뻐했다. 치유탕, 선녀탕, 방울방울 목욕탕, 방울방울 치유 목욕탕. 어떤 이름이든 목욕탕을 찾는 이들의 마음을 치유해 주는 건 같았다.

그때였다.

휴게실에 은은한 종소리가 울려 퍼졌다. 어느 문에서 난 소리인지 듣지 못했다. 왜냐면 초목이와 핑크, 강철이, 묘묘, 방울님의 목소리가 아주아주 컸기 때문이었다.

"어서 오세요! 방울방울 목욕탕입니다!"

치유탕 업무 일지

요괴력 13월 32일 오전　담당자 : 초목

고객 정보			
이름	목욕탕 직원들	나이	합쳐서 1억 살?!
증상	고객 스트레스로 지침		
마음 진단	휴식이 필요!		
처방	수신님의 특별탕!		
효능	힘든 마음이 사르륵 치유		
손님 만족도	☆☆☆☆☆		

치유탕 점검표 (양호:O, 불량: X)	
탕 온도	O
위생 및 청소 상태	O
세신 침대 정리	O
목욕 용품 보충	O
방울 요금 확인	공짜

우리 목욕탕 식구들은 모두가 에이스고
최고다. 도움이 필요한 손님들이 언제든
우리 목욕탕에 오면 좋겠다.
모두 모두 이서 오세요.
최선을 다해 시원하게
마음 때 밀어 드립니다!

다음 손님은?!